U0902915

那些
女生该懂的事

饶雪漫

SHARON WORKS

作品

山東文藝出版社

果麦文化 出品

当你感觉人生没那么如意，请记得对自己说，

没关系，我们都是这样长大的。

自序

树洞的意义

我的微博有一百多万个粉丝，但我做了一件看似很疯狂的事——开放私信。

坦白地说，一开始开放它，是因为不会设置。后来一直开着，是担心大家有心事的时候无处投递。无论如何，“发送失败”这四个字，总是令人沮丧。

因为开放，于是有了下面的故事：

有个叫“Candy 静”的女孩，每天坚持在微博上跟我说晚安：

晚安，饶大，今天这里二十五度，我开始穿裙子。

晚安，饶大，我觉得我越来越喜欢陈医生了。如果我患了孤独症，你可以治好我吗？

晚安，饶大，一个星期坚持不吃晚饭，我瘦了不到半斤，够傻。

晚安，饶大，隔壁班的“班花”脸上起了青春痘，我感觉她想死。

……

从某天起一直到今天，二百二十七条私信，二百二十七声晚安，来自她。

她熟悉我的每个故事、故事中的每个人物，她习惯每晚跟我道声“晚安”然后入睡。她从不要求我回复，只是耐心而宽容地让我旁观她成长的轨迹。我们并不认识，却早已经是朋友。

还有个叫“安全感丢了再也找不回来”的孩子，她的私信是这样的：

我恨罗阿呆。

我恨死罗阿呆。

我要砍了罗阿呆。

有什么办法可以让罗阿呆直接下地狱?

……

这样的私信，坚持了十三天后，戛然而止。

十三天，一个年轻姑娘恨的期限，短如花期。我点开她的微博：她已经在享受美食，等待和别人的约会，听一首新出炉的情歌，涂淡蓝色的指甲油，曾经那么刻骨的仇恨就像从来都不曾有过。

至今，我不知道罗阿呆到底是谁，又做了什么对不起她的事情；但是我知道，放下就好。可以不必原谅，但放下就是成长。

很多天后，这个水瓶座的姑娘对我说："谢谢你，我的树洞。"

原来如此。

但，哪怕只做一个沉默的树洞，也是我坚持的意义。

二〇一一年，我的《那些不能告诉大人的事》出版以后，书中公布的家长 QQ 群和孩子 QQ 群都一夜爆满。公司前台堆满了大家给我寄来的信件，甚至有妈妈拉着女儿，千里迢迢地来找我，并指着女儿哭着对我说："救救她！"

我用两个小时听完了她们的故事，然后对那个妈妈说："她没事，有事的是你。"

女孩在一旁哈哈大笑起来。治愈她，仿佛只用了一秒。从办公室出来，她妈妈跟我讨要秘诀。其实秘诀无他，唯有聆听和信任。

你相信她是好的，她就是好的。

你觉得她浑身是毛病，她没病也有病。

可是，除了不停的指责、谩骂和无休无止的担心，你好好地、认真地听她说过一次话吗，哪怕只是一秒？

或者，你有没有在某时某刻她表现优秀的时候真心对她说"女儿你真棒"？

很遗憾，答案往往都是“没有”。

每当这时，我总是想：当妈妈还是女儿的时候，那些该懂的事，她懂了吗？

如果没有，那么我们是不是都应该一起来学一学？

一眨眼，夏天又来了，我坚持了七年的女生夏令营又一次从开营到闭营。身边很多人来来去去，只有我，还一直勇敢无畏地站在这里。

其实很多时候，我也怀疑我自己。像我这样一个除了码字只会码字的人，常常幽默感不够，号召力不强，不知道我到底能为你们做些什么，会不会辜负你们对我的信任，能不能真的在你们不那么好的时候安慰你们。所以我又写了这一本小书，送给你们，每个在成长中摇摇摆摆的女孩子。

在总有那么一点小遗憾的人生路上，我的野心是教会你们如何认识自己，让你们学会爱自己，懂得与周围的世界打交道，并在受伤后能不断地自我修复和自我重建，从而获得更为轻松快乐的人生。

但愿如我所愿。

目录　Contents

秘方 NO.1

培养一颗善于发现美的心，胜过学会一万种美容方法

清晨打开邮箱，看到第一封未读邮件的标题：可怜的丑女，此生到底有没有逆袭的机会?

我猜写这封“知音体”信件的女生是个“〇〇后”。她口口声声说自己长得不好看，什么胖啊，矮啊，腿粗啊，眼睛小啊，头发稀疏啊，认定身边所有的不如意都跟自己的长相有关。在信中，她问了我这样一个问题：“雪漫阿姨，恕我冒昧地问一句，你也长得很难看，你是如何战胜自卑获得成功的呢？”

看到这句话的时候，我直想跳脚，拜托——我没有觉得自己长得很难看！！！

你之所以会这么想，是你对美的认知出了偏差。

好看的标准到底是什么？这个问题恐怕真的很难回答吧。

姑娘们天天拼了命地喊减肥，个个想做瘦美人，但在唐朝人家还以胖为美呢！

都说樱桃小嘴是丽人标志，偏偏舒淇和姚晨大嘴也有人爱。

那些总是嫌弃自己长相的姑娘，有个问题我不知道你们有没有想过，那就是“你和这个世界上任何一个人都长得不一样”。就算是你有一个双胞胎的姐妹，她也跟你有着很多细微的差别。你的模样是上天赐你的礼物，也是你存在于这个世界的最独特的标签，你不珍惜就罢了，有什么理由嫌它难看？

有一句广告词说得不假——你本来就很美。对于拥有年轻资本、青春洋溢的少女们来说，你的美真的已经够用了。说得通俗点，你眼睛看到后心能感受到愉悦的东西都是美的，那些你还没有看到的美并不是不存在，只是还欠那一阵吹开浮纱的风。

想漂亮很容易，网上有那种一秒钟变美女的视频，用点小方法，丑女也可以大翻身。那些变身后的美女图，是不是靓瞎了你的眼？可是，有什么用呢？你总不能天天戴着个面具生活吧。回到家卸了妆，是啥样还是啥样，而看到你最真实面目的人，永远都是你最亲近的人，你长成什么样，对于他们来讲，其实都无所谓。反倒是熟悉的人忽然变了个模样，怎么都会感觉家里像进了个贼似的不安心吧。

不过你不要误会，我的意思并不是说女孩子就不用收拾打扮自己。不管长成什么样，把自己收拾得干净、清爽、舒服，懂点基本的美容知识，还是很有必要的。

五年前，我认识了一个女孩，她是在江西农村长大的，读中文系，家里条件很不好，也没什么自信，整个人都显得灰扑扑的。大学毕业后，我介绍她去了一家图书公司做实习编辑。再见到她的时候，我吓了一大跳。要不是她开口说话，我还真不敢叫出她的名字来。

原来，她到那家公司负责做的是美容书。一开始是为了把书做好，她开始细心研究书中介绍的一些女生美容的小技巧，反复观看书中附赠的碟片，并在自己身上做试验。慢慢地，她发现自己开始有了改变——会化淡妆了，会弄头发了，会穿衣服了。几本书做下来，她已经从一个对美容一无所知的人，变成了半个美容达人。长痘痘用什么产品最好，什么眼线笔最好用、不会晕染，皮肤过敏该怎么办，什么样的减肥方法是最有效的，什么脸型该配什么样的发型……她都可以快速地为你解答。

我问她："你才去半年，怎么可以学这么快？"

她笑着回答我说："了解最基础的美容知识，其实三天就够了。最关键的是，有很多女生，都会忽略这三天。当你有一天明白，这个世界上有个词叫作'造型'的时候，你就再也不会为自己和明星之间的差距而感到自卑了。"

我始终认为，十七八岁的姑娘就是一朵花，带着初次绽放的青涩和天然。比较可惜的是，这个年纪的姑娘们却常常对这份与生俱来、只有一次的美丽毫不自知。很多年轻女孩总觉得自己长得不好看，迫切地希望通过各种方式来改变自己的容貌，但又因为不懂什么适合自己，只是一味地追求新奇、潮流的东西，反而弄巧成拙。她们又是刺青，又是鼻环，又是耳洞，把自己弄得乱七八糟，还自以为美得要命。更有甚者，因为热衷于整容，最后把自己弄成了“四不像”，到那个地步才开始想念原来的那个自己。

大家都说我眼光很毒，每次找的书模都很漂亮。好多当过我的书模的人，后来也大红大紫了。但其实，我用的很多书模都是普通的女生，比如《沙漏》封面的徐乐，《胆小鬼》里的杨丽璇。在给我的书当书模以前，她们也就是那种走在人堆里不容易被人看见的女孩。但我将她们最美的一面挖掘出来，放大了呈现在众人面前，她们就立刻变得不一样了，就连最熟悉她们的朋友也会说：“哎呀，在当书模以前，还真没觉得她们这么好看！”

可是，话又说回来，她们不还是以前的她们吗？

所以说，很多时候，美还真的就是一种感觉。当然有时候，它也有可能是一种潮流。比如大家都觉得单眼皮不好看，想尽办法去拉双眼皮。可是林忆莲最红的时候，还有很多双眼皮女生想把自己的眼皮变成单眼皮呢！你有足够的本事，就引领潮流，而不是跟着潮流辛苦奔走。

还有一点也很重要，就是随着年龄的增长，你对美的看法一定会改变。也许年轻时你会更注重一个人的外表，可当你读了很多的书，认识了很多的人，见过了很大的世界，不再是井底之蛙的时候，你会发现一件奇怪的事，即以前你看不惯的人你会觉得他很美，而以前你觉得很美的一些人，你会突然觉得看不顺眼甚至会怀疑自己过去的品位出了问题。

我有个好朋友叫秦猫猫，如果你看她的微博就会发现，她常常把自己最难看的照片发到微博上与大家共享。有的时候，连她爸爸和她老公都会骂她“神经病”，勒令她赶紧删掉。只有我们这些闺密才能真正体会到那些照片带给我们的喜感和欢乐，每一个古怪表情和每一双可怕的斗鸡眼后面，都藏着一颗笑对生活的强大女人心。

一个人之所以可以做到不介意任何人的评价，是因为她有足够的自信和足够的智慧，是因为——美自在她的心，而不在世人的眼光里。任潮流如何变幻，任世人如何评价，她自岿然不动、怡然自得。

所以，对一个女人最大的夸奖一定不是“你长得真好看”，而是“你好有味道哦”。

那些还在抱怨自己天生不够美丽的女孩，不如趁着年轻多读点书，多走点路，多认识几个朋友，多练习练习你的微笑。有一天，当你对美的看法有了自己独到的见解，不再随波逐流、人云亦云的时候，你就会发现，“逆袭”这件事，咱靠的真是文化，是修养。

Tips No.1

● 不管长成什么样，把自己收拾得干净、清爽、舒服，懂点基本的美容知识，还是很有必要的。

● 那些还在抱怨自己天生不够美丽的女孩，不如趁着年轻多读点书，多走点路，多认识几个朋友，多练习练习你的微笑。

秘方 NO.2

美丽和智慧不是冤家，千万别让美丽成为你犯错的借口

我认识的一个大美女，是学传媒的。她毕业后换了两个工作，最近又辞职了，跟我抱怨说：“长得漂亮真是件麻烦事，同事嫉妒我，上司排挤我。我做得好，是别人帮的忙；我做不好，是我自己偷懒。我多么希望换一家新公司后，大家能忽视我的外表，了解我真正的实力！”

“那你找别人帮过忙吗？”

“没有，但是有人自愿帮我，他自己主动的，我拒绝了好多次！”

“那你偷过懒吗？”

“哪有！就是有一次痛经，我请了两天假，后来被主管说了四五次。她说公司这么多年轻人，请什么假的都有，就是没听说过请‘痛经假’的；又说美女就是娇气，长得漂亮没什么了不起。

我当时就跟她翻了脸，拿了皮包就走人了。”

“那你走的时候，手头的工作都交接好了没有呢？”

“我都失业啦，我还管那么多？谁同情过我？”

我听明白了，大美女工作不顺利，其实跟她的长相没半点关系。职场不是家，除非你心甘情愿坐老板的大腿，不然没有谁可以只负责貌美如花。你领人家的工资，就要为这份工资负责。该你干的活，不是别人愿意为你干你就可以不干。该你负的责，不是你说甩手就可以甩手。漂亮的人不干漂亮的活，就算长得赛过天仙，别人看着你也不舒服。

很多时候，美女比别人懒，是因为她常常不用开口，事情已经有人帮她做了。她不喜欢思考，常常是因为别人会提前一步帮她去想。她不愿意奋斗，是因为她想得到的东西，总比别人得到得要容易。但是，身为美女，你却不能认为这一切都是理所当然的。你必须要明白的是，如果你不讨人喜欢，那一定不是因为你长得太美了，唯一的原因就是，你还真是令人讨厌呢！

大部分的人都认为，美丽和智慧是无法并存的。我以前听过一个笑话，说是一个美女去巴黎，买的是经济舱的票，却非要跟空姐吵着要坐头等舱。她的理由很简单：我是美女，我要坐头等舱。空姐被她缠得没办法了，只好叫来了机长，结果机长只跟她说了一句话，她就立刻乖乖地回经济舱了。

机长说：“对不起，头等舱不去巴黎。”

当然，这是个笑话。在我们的身边，从来都不缺少那些美丽与智慧并存的女人。我的朋友赵小姐，海归，美国名校双料硕士，是个绝对的大美女。每天看她的微博，是我人生一大乐事。我跟她合作过，她工作起来总是很拼，常常连着开无数个会，参加无数个派对，十二厘米的高跟鞋不离脚，走起路来总是健步如飞。最难能可贵的是，你无论何时何地见到她，她都是精神抖擞，令人如沐春风。

我喜欢她的最主要的原因，不是她长得美，而是她靠谱。我每一次请她帮忙，她都不遗余力。我希望她做的，她做了；我没想到她会做的，她也都做了。同时，一件事情已经过去了好久，她还会主动来问后续的情况，看有没有什么是需要她继续做下去的。此等优质好友，真是有一百个也不算多啊！

因为人品好，赵小姐有很多闺密，这些人不一定跟她都有工作关系，但是私下里关系却都好得要死。最近她刚刚和六个闺密一起去泰国游玩，这些姑娘每天在微博上轮番晒她们的欢乐私密照，相互调侃来调侃去，很是令人羡慕。

旅行结束回国后，她立刻接着工作，连夜坐飞机赶到另一个地方出差。本以为到了宾馆她该休息了吧，谁知道半夜三点多她还乐滋滋地在微博上教姑娘们如何准备出门旅游的必备品。

她就是这样一个人，美丽、幽默、善良、大方，目前已经是某外国公司驻中国地区总裁一枚，被朋友们亲切地称为“女神”。

美丽可以是你成功的理由之一，但不能成为你犯错的替罪羊。

在生活中，我们处处可见一些长得并不漂亮的女生很讨人喜欢，而一些长得很漂亮的女生却不招人待见。那些还陶醉在自己的美丽中总是埋怨事事不顺利的姑娘，你可能更应该学会如何好好地与人交往，如何好好地做好一件事，如何好好地练习爱人与被爱吧。

有副好皮囊，感谢父母。有份好工作，感谢老板。有点好运气，感谢上天。优质的你，懂的。

Tips No.2

- 该你干的活，不是别人愿意为你干你就可以不干。该你负的责，不是你说甩手就可以甩手。

- 美丽可以是你成功的理由之一，但不能成为你犯错的替罪羊。

秘方 NO.3

爱你的人，一定会觉得你美，但他绝不会只因为你的美丽而爱你

什么是美?

关于这个问题，我听过的最美好的答案是某个男生说的：“我的女朋友最美，认识她以后，我便以她的长相作为美女的标准。”

那个女生我见过，皮肤偏黑，眼睛很小，鼻梁也不高，绝对不是大多数人认为的美女。但她因为男朋友的甜言蜜语而显得神采飞扬和自信满满的模样，还真是令人羡慕。

我问男生：“你最喜欢她什么呢?”

男生说：“她太有趣了，随便说个段子，我也能笑上三天。”

情人眼里出西施，此话一点都不假。你的爱人爱上你，也许最初是因为你的样子，但是最终却是因为你值得他爱，你让他感

觉生活充满了趣味和幸福。有个姑娘特别有意思，跟男朋友闹分手，跑过来抱着我大哭。我问她想要分手的原因，她说："你知道吗，他根本就不喜欢我。他跟我在一起，是因为我长得像他妈妈！"

"有什么不妥吗？"我问。

"关键是，他妈妈在他十二岁的时候就去世了！他在我身上寻找他妈妈的影子。我可不希望他哪天和我亲热的时候，还抱着我叫我'妈'！"

"有那么像吗？"我不禁好奇地问。

"我怎么知道，人都死了，我想见也没机会见了！"

"那你想分手不？"

"不想，但更不想成为别人的替身。"她嘟着嘴说。

"那你让他把他妈妈的照片发给你。我保证你们长得一点都不像！"我说，"真不想分手，就按我说的办。"

三天后，她给我打电话："雪漫姐，你真神了，我们和好了。我看过他妈妈的照片了，确实跟我一点都不像！好了，我心里的阴影总算是没了。可是，我很奇怪，你是怎么知道的呢？"

道理很简单嘛！男孩十二岁就没妈妈了，妈妈在他记忆中，一定是最温柔、最美丽的那个，而当他遇见自己喜欢的女生，那个她在他心目中也一定是最美丽、最温柔的，于是就这样不知不觉地画了等号。

因为爱你，才觉得你像他深爱的人那般美丽啊！所以说啊，这个女生够傻，差点错过一个最爱她的男孩子！

台湾图文红人赖赖和织织的爱情故事很多人都很喜欢，你们可以找他们的博客来看看，其中男主角有一段表白特别特别动人："你在我眼里，所有你觉得美中不足的地方，都是我觉得最美的地方。所有你最见不得人的模样，都是我觉得最可爱的模样。就算是有神灯巨人把你变成白雪公主，也请你保留你心底的灰姑娘，这样的你，才是最让我着迷的你。"

所以说，要是有个男生，不管你搞成什么鬼样，他的目光都在你身上流连，还犹豫什么，赶紧嫁了吧，你会是他一辈子的公主。

不只是恋人，其实任何人之间都是这样的。只要你有某个地方让他特别喜欢，他就根本不会去在意你的样子。

现在有个收视率特别高的节目，叫《中国好声音》，里面有个歌手嫌自己长得丑，戴着面纱从头唱到尾，说是怕喜欢她歌声的人看到她的长相对她失望。导师那英真诚地告诉她："其实我从小也长得不好看，大家喜欢我，一定不是喜欢我的样子，而是喜欢我的歌声。"刘欢更是站起来，摘掉帽子大声说道："姑娘，你别这么想，我刘欢长成这样，也在歌坛混了这么多年！"

在老师们的鼓励下，那位姑娘最终摘掉了她的面纱，让大家看到了她带泪而动人的微笑。不知道是不是她的歌声打动了我，反正吧，我就觉得她长得还挺好看的，完全没必要那么自卑，相信电视机前的很多人都跟我有一模一样的想法吧。

我很喜欢麦兜的一段台词，拿来与你们分享：感谢我的身材，即使臃肿，我也能到世界各地去旅游；感谢我的鼻子，即使塌，也让我可以呼吸新鲜空气；感谢我的双眼，再小，再眯，我也能看见，日出，日落，花开，花谢。

感谢有人爱我，这是我愿意带着最最真实的自我，快乐活下去的最好理由。

Tips No.3

● 你的爱人爱上你，也许最初是因为你的样子，但是最终却是因为你值得他爱，你让他感觉生活充满了趣味和幸福。

● 要是有个男生，不管你搞成什么鬼样，他的目光都在你身上流连，还犹豫什么，赶紧嫁了吧，你会是他一辈子的公主。

秘方 NO.4

真实的人都是不完美的，不完美的才是真实的

哎，要做真实的自己，难不难呢？

我儿子饶小坏今年才十二岁，在他的小学毕业纪念册上，我发现一个同学给他的留言是这样写的：“小坏啊，我也想和你一样，做最真实的自己。很可惜，这只是美好的愿望啦。”

坦白地说，这留言还真令我心酸。

留这个言的同学，是他们班的班长，很多人眼中最优秀的学生。每天早上，她总是第一个去教室开门；每天的作业，她总是第一个完成；大家都在玩的时候，她可能还需要去忙班里的很多事务。我猜她要的“真实的自己”是什么呢？应该是偶尔也不完成作业，偶尔出去撒了欢地玩一次，或者在某个很累的早上能多睡一小会儿，哪怕付出的代价是那天会迟到。

那个孩子我经常见到，从小学一年级起，她就显得比班上任何一个学生都要老成。

我也常常会想，是不是童年的她付出了不能自由自在玩耍的代价，明天的她就一定会更加成功呢？

答案当然是未知的。

活出真我，说起来很容易，但做起来很难。小时候，有父母和老师严格地要求我们，我们知道什么是可以做的，什么是不可以做的。长大了，真实的社会和无情的现实教会了我们新的处事法则。但这还不是最可怕的。最可怕的是，有一天，我们自己都会渐渐地忘掉，自己真正想做的到底是什么了。

前一阵子面试，我录用了一个小姑娘。她不擅言辞，但是文笔很好，做事的态度也很认真。后来她很好奇地问我说："编辑需要与人交流的能力，可是我这方面的能力还真是比较弱，面试的时候说话也磕磕巴巴，你为什么还会录用我呢？"

我说："因为你的真诚。"

她在简历中这样写道：也许我不擅长与人交流，但我会努力地去克服。最重要的是，我热爱这份工作，所以我一定会付出加倍的努力，希望我能拥有这样的一次机会。

我曾经面试过一个一九九〇年出生的小姑娘，她希望的岗位是营销总监，我问她为什么刚毕业就想做总监，她说她拥有这样的能力。她的薪资要求是八千块。她夸夸其谈，感觉把我的书卖到月球上去都没有问题。

这种人，就是演得迷失了自己。她并不知道自己在夸夸其谈，她认为，她真的就是那么能干。

确实，她毕业于名牌大学，在学校也是很优秀的学生，担任过学生会主席，能力肯定是有的。但是我没有录用她。同时，据我所知，她毕业后快一年，一直也没有找到任何工作。后来，她一气之下决定继续读书，并顺利地考上了香港中文大学的研究生。有一次，我无意中看到她发布了这样一条微博："我才知道自己并不是最完美的那个自己，但认识到这一点后，我好像又完美了一点点。"

站得高才能看得远。只要你认识到自己的不足，就说明你真的是进步了一些。

没有人是完美的——这句话我们常说，也常常在各种场合见到类似这样的标语。"爱上你的不完美"，"学会和自己的缺点和平共处"，这些话看上去如此正确，却也如此令我们费解，让我们不知从何做起。任何女孩只要拿起一面镜子，都还是先去看自己的皮肤上是否有瑕疵，是否有黑眼圈……这该死的天性让我们永远和自己过不去。

聪明人发明了化妆品，我们每擦一次口红好像就会看自己顺眼一点。但卸妆之后躺在床上，闭上眼睛，我们还是那个颧骨上长着雀斑、嘴唇略有些苍白的女孩。

生活为我们制造了太多的幻觉。你分得清真实的你和幻觉中的你吗？我们没有那么多仇人和敌人，只有你和内心那个躲藏在阴暗角落里的自己才是真实的存在。和你假想中的敌人手拉手吧，因为我们都一样，即使修饰得再美、修炼得再炉火纯青，也只有心底那个隐身的小女孩才会陪伴我们一生。

珍惜她，现在就对她说："嗨！"

Tips No.4

- 站得高才能看得远。只要你认识到自己的不足，就说明你真的是进步了一些。
- 我们没有那么多仇人和敌人，只有你和内心那个躲藏在阴暗角落里的自己才是真实的存在。

秘方 NO.5

个性是你独特的标签，但不是你伤害朋友的理由

在平日的生活里，我们常常会听到这样的“台词”：

我脾气天生臭，所以才会动不动骂人，你用不着跟我计较。

我从小就喜欢摔东西，一生气就摔东西，所以才会摔了你的手机。

我这人就是喜欢乱说话，生了气就更是口不择言，以后不管我说什么，你就当没听见好了。但是你不要讨厌我，我真的没恶意！

好吧，你天生脾气臭，可是那些天生脾气好的人就应该听你骂吗？你有没有想过，他就是再稀罕你，可能你生气时讲的那些话也会令他气得好几天吃不下饭甚至怀疑自己的人生呢？

你喜欢摔东西，就可以随便摔坏别人的手机吗？你有没有想过，就算你赔了别人一个新的，也许你也摔坏了人家手机里储存

的最珍贵的信息，人家再也找不回来。

在我看来，做错事后最低级的辩解方式就是，我就是这样的一个人，我就是这样的个性，我这阵子状态不好、心情很坏，等等。仗着这些“天生的毛病”，你就可以随便去伤害朋友吗？答案是，当然不可以。你要知错就改，懂得控制自己的情绪，不然迟早得回“现世报”。

但可惜的是，很多女生明明知道自己的毛病，不仅不改，还娇纵自己的坏情绪，喜欢“瘫下来玩”——我就是这样的，你要是喜欢我，你就得忍着。再说了，我后来不是很真诚地道歉了吗？你看我这人平时其实还不错，是不是？

但很多时候，道歉是没有用的。一只刺猬，就算它会滚来滚去地卖萌，但时间久了，被它刺过的人也会对它敬而远之。

其实吧，每个人多多少少都会有些毛病。有句老话叫“江山易改，本性难移”，但这并不代表这些毛病是肯定改不掉的。一本书改变一个人，一场电影改变一个人，一件小事改变一个人，一个人改变另一个人，这些话统统都没有错哦。

但如果什么事也没发生，什么人也没遇到，我们什么成长的代价也没付出，是不是就不可能改变我们自己了呢？

不，只要你有信念。

小玉是我的朋友，是我见过的最粗心大意的女生，整个人大大咧咧不说，记性也超差，真是走到哪里东西就丢到哪里。有一次，她和我们一起去云南玩，路上丢了一个充电器、一件西装外套，还直接把她的手提电脑丢在飞机上。就是这么一个人，某天竟然成了某大牌明星的助理。我本以为她一天之内就会被开掉，谁知我三个月后再见到她，她俨然是那个明星的得力小助手了。

她打开包，得意地给我看她的笔记本，上面是密密麻麻的备忘录，有出差时必须带的物品清单，通告前的十大注意事项，这周必须联系的几个人，等等。她还给我推荐了一本可爱的小书《怦然心动的人生整理魔法》。

“怎么突然改变自己了？”我问她。

“只要你愿意改，没什么毛病改不了，关键是你想不想改。我太喜欢这份工作了，实在怕丢掉它，所以我必须努力改掉。”

“改起来难吗？”我问她。

“说实话，一开始有点难。但后来慢慢习惯了，发现自己的生活也变得有条理多了，就何乐而不‘改’了。”

知道自己说话容易伤人，你就要学会把想说的话先在脑子里过一遍再说出去，也可以多看一些指导人说话的书。你要相信“聊天”真是一种艺术。

口无遮拦的妞，教你一个好办法，你可以自己在本子上写下“最伤人的十句话”，要求自己无论再不开心，上面的十句话也绝不可以说出口。

如果你觉得自己的耐心总是不够，那么可以选一些自己感兴趣的事情来做。如果没有，就培养一种爱好，千万不要在自己不感兴趣的事情上锻炼耐心，那只会起到反作用。

生气的时候尽量不要再把事情往坏处想，深呼吸三下，告诉自己一切都会过去的。人在气头上，智商一般为零甚至是负数，所以这个时候一定要尽量控制自己的言行。记住，不管是破口大骂还是动手打人，都解决不了任何问题，只会让事情越来越坏。

愤怒，往往是因为你修养不够。学会控制自己的情绪，你离优雅女人就更近了一步。

Tips No.5

- 你要知错就改，懂得控制自己的情绪，不然迟早得回“现世报”。
- 一只刺猬，就算它会滚来滚去地卖萌，但时间久了，被它刺过的人也会对它敬而远之。

秘方 NO.6

你不是天使，你没有翅膀，所以不必对一个人太好

你身边有没有这样一个女生——朋友的任何事情她都会去管，只要朋友有麻烦，她都会主动伸出援手？

有些事明明做不到，她也会硬着头皮答应下来，看上去很有江湖义气，却往往让朋友烦恼，甚至误了朋友的事，最后弄得自己又委屈又疲惫。

我就认识这么一个女生，叫小其。

小其是我在某地区的书友会的副会长，是个特别热心的姑娘。我去她那里做校园活动的时候，她抱着个大西瓜等在宾馆大堂里，不管我们怎么婉拒，非要去帮我们工作人员买饭买水，最后还跳上车帮我们带路。结果没想到的是，身为本地人的她

竟然也不认识路，害得我们差点迟到。在车上她自己急得要哭，不停地给我们道歉。我们的工作人员一肚子火，但想着她一片好心，也不好意思怎么说她。

在活动现场，我听到她说得最多的一句话就是，“需要我帮忙你尽管开口啊”。有个大学生夸她：“像你这样懂事体贴的小姑娘很少了啊！”她脸上立刻笑开了花，回答他说：“雪漫姐姐的那么多书不是白读的啊！作为她的书迷，我可不能丢她的脸。”

活动结束后，在回去的车上，我就听见有工作人员叹着气说：“好不容易让小其自己回去了。她也真是热情得过了头，我真怕她在车上吵到大家，搞得大家不能休息。”

另一个说：“你们也别嫌小其烦，她心里其实是有阴影的。小时候，她幼儿园的老师特别变态，喜欢那种拍马屁的小孩。小其不懂事，跟她顶过一次嘴，结果被关在办公室里。放学的时候，那个老师把她给忘了。到她妈妈找来时，小其已经在里面被关了近四个小时，当时天都黑了。从那以后，小其就处处小心，竭力去讨别人的欢心，生怕自己再受伤害。”

我们回北京后不久，小其就跟其中一个工作人员借钱，并且借的数目还不小，要三千块。小其借钱的理由是，好朋友的奶奶得了急病，家里人不愿意掏钱给奶奶治，好朋友在家里跪了一夜，她妈妈才肯把奶奶勉强送进医院，可是后面的医药费还是没有着落。小其被好朋友的孝顺感动得一塌糊涂，于是到处给她想办法。

我对那位工作人员说："这件事故事性太强，钱最好不要外借。不过据我对小其的了解，我相信撒谎的不是她，而是她的那个朋友。"

果不其然，差不多两个月后我接到小其的电话。她在那边不停地哭，说是她的好朋友如何如何欺骗她，变着法跟她要钱花，害得她最后没办法，只好对妈妈撒了谎。

暑假的时候她被关禁闭，还被妈妈停发了零花钱，而她那个朋友，却对她一声问候都没有。她的朋友花光了她给她的所有的钱不说，还在背后笑话她脑子少根筋。

"雪漫姐，"她哭着问我，"是不是真心真的换不回真心？"

我很直接地问她："你是不是特别害怕别人不喜欢你？"

她沉默了一小会儿回答我说："做一个人人都喜欢的女孩子，难道不好吗？我一直都在努力。"

"可是，你做不到。你记住一句话：你不是天使，你没有翅膀。你费心去讨别人喜欢，最后会让自己都嫌弃自己。"

"是这样吗？"她的语气略有些失望。

"小其，可能接下来，你更应该学会如何喜欢自己。"

她争辩说："我挺喜欢我自己的，我觉得我挺好。"

"好吧，我们换一种说法。喜欢的另一层含义，是珍惜。你所做的一切，只为了大家对你的一句赞美，未必真正帮到别人，反而让自己受尽委屈，最后的结果就是，别人还是不喜欢你，而你却已经用尽全身力气。不是所有的人，都像你童年时遇到的那个可恶的幼儿园老师，她只是个例。很多时候，你的牺牲和付出都是没有必要的，你不这样做，大家也觉得你挺好。你知道不？”

“雪漫姐姐，谢谢你。”小其说，“我需要想一想。”

如果说小其是因为没有安全感才喜欢这样做的话，还有一些人则是为了面子死撑着去做一些自己压根不想做甚至根本就做不到的事。为了那双假想中的天使的翅膀，她们累得半死不活。

维加就是这样一个出了名的“老好人”，从小学到大学，“好人奖”总是第一个颁到她头上。她到北京上大学后，新朋友和室友了解了她的“老好人”脾气后，就总是找她帮忙。她上课时帮别人占座，把笔记借给别人，以及帮别人做作业、写论文都是家常便饭。

一个学期过去了，尽管她心里也有过小小的抱怨，但想到自己在这个新环境里需要更多的朋友，她更坚定了要将“老好人”做到底的想法。为了和大家打成一片，她还经常参加朋友们的聚会。虽然自己家的经济状况并不是太好，但为了显示出自己的大方和风度，她还常常请客，不知不觉掏空了自己的腰包。后来，为了维持这样的生活，她还瞒着室友，偷偷在课余时间打点零工、做做家教来挣点钱花。

有一次，她打工回来，在宿舍外偷听到室友们正在议论她，才发现其实大家并没有像她想象的那样需要她、重视她，只不过是把她当作一个可以随叫随到的助理，一个爱装有钱人的乡巴佬，一张可以自由移动的银行卡罢了。

维加听到这些话后伤心欲绝。但是这能怪谁呢？

一个“万年老好人”，别人叫你做什么你就做什么，心里想拒绝又说不出口。为了让每个人都喜欢你，你只能硬撑着，但倒霉的最终还是你自己。

梭罗说过：“生命并没有价值，除非你选择并赋予它价值。没有哪一个地方有幸福，除非你为自己带来幸福。”

我不否认帮助别人是幸福的。我否认的是，在你去获取这种幸福的时候，将自己真正的幸福完全踩于脚下。

亲爱的，你不是天使。你不用对一个人太好，更不要因为对别人好而委屈了自己。其实，别人也未必需要你这样。很多时候，你以为自己感动了天、感动了地，实际上感动的不过是你自己。

记住了，爱是相互的、流动的，单方面付出的结果往往令你精疲力竭甚至怀疑人生，累了别人又伤了自己。

Tips No.6

● 你不用对一个人太好，更不要因为对别人好而委屈了自己。

● 爱是相互的、流动的，单方面付出的结果往往令你精疲力竭到怀疑人生，累了别人又伤了自己。

秘方 NO.7

心灵的伤害可以修复，但身体的伤害有可能永远不能

我清晨醒来收到小优的信，信中说："雪漫姐姐，我昨天穿新衣服的时候，突然发现前几个月手上留下的疤，现在还有很明显的印迹。我让我国外的朋友捎回来很贵的褪疤膏，用了之后好像也没什么效果。穿夏天的衣服时手上露个疤，真心让我不舒服。我最后去了趟医院，医生说这种深度疤痕是不可能完全褪掉的。

"出了医院大门，我忽然就想起了你，想起你曾经对我说过的那句话：'孩子，不要犯傻，心灵的伤害可以修复，但身体的伤害有可能永远不能。'

"雪漫姐姐，我就是想告诉你，过去的都已经过去了。我的心真的像你说的那样，完好如初了。这是一件多么神奇的事！谢谢你，我想我真的长大了。"

这封信，还真是让我备感欣慰。

小优长相甜美，身材也特别好，是个不错的平面模特。两年前，小优有个特别亲密的男朋友。男朋友什么都好，就是醋劲比较大，喜欢疑神疑鬼，老怀疑小优跟别的男生有染。偏偏小优常常合作的那个摄影师就是个男的，还对她照顾有加。

某天晚上，小优正在和男朋友看电视，忽然收到那个摄影师的短信。短信是这样的：宝贝，哥哥想你了。

小优正觉得莫名其妙呢，短信很快又来了：对不起，发错了。

可是，男朋友一看这些短信，整个人都炸了。无论小优如何解释，他都不肯听，就认定她和那个摄影师之间有猫腻。两个人为这事吵了差不多有一个星期，男朋友为了报复她，居然跑去跟别的女生约会，把小优气得半死。

那天晚上，小优买了男朋友最喜欢吃的比萨，还准备了红酒，准备跟他和解。谁知道男朋友的态度非常冷淡。小优举起左手，发誓自己是清白的。谁知道男朋友却冷冷地说："除非你能证明给我看，我才会相信你。"

小优当时被气得头脑发昏，无法自控，转身就冲进了厨房……

我见到她的时候，她躺在病床上，手上缠满了白色的纱布，一张小脸苍白得要命。

我心疼地问她："疼不疼？"

她摇着头说："身体上的伤痛不要紧，总会好的。我心上的伤，怕是永远都不会好了。”

“你说反了。”我纠正她，“你给我记住了，心灵的伤害可以修复，但身体的伤害有可能永远不能。”

“是这样吗？姐姐，我不相信。”她说。

“总有一天，你会信的。到那一天，一定要记得告诉我。”

果不其然，我等来了这一天。

我以前还认识一个姑娘，为了自己爱的男人，流产四次，最后一次差点死在手术台上。后来，她离开了那个人渣，也收获了新的爱情。可是，她再也不能怀孕了。跟我说这件事的时候，她哭得快断气了。她说：“我那么爱现在这个男朋友，却不能为他生一个小孩。天底下，还有比这更痛苦的事情吗？”

我除了不停地递给她纸巾，别无他法。

因为此时此刻，连安慰都显得虚假。

我真的特别不喜欢那些作践自己身体的女生。你爹妈把你生下来，让你拥有健康的身体。你却不好好珍惜，非要把它弄残了。这叫什么，叫“脑子有病”。

所以，不管你做什么样的事情，首先要想想它会不会伤害到自己的身体。心伤易好，身伤难复。伤心真不是什么大不了的事，你们认为的那些好像永远不能痊愈的心痛、心碎和心酸往往是好得最快的。时间是神奇的魔法师，它能抚平一切伤痕，却并不包括身体上所留下的那一道道疤。

顺便提醒一下那些觉得自残或刺青能痴情、真心俱表的傻妞，好姑娘应该干净、美丽、大方、健康。别让那些伤口永远伴随着你，成为你一辈子挥之不去的阴影。等你再长大一些的时候，也许你会追悔莫及，那个你曾爱过的人早就不见了踪影，但你曾刺在自己身上的他那个无比土气的名字却永远也无法告别了。

多不值得呢！

Tips No.7

- 心伤易好，身伤难复。
- 时间是神奇的魔法师，它能抚平一切伤痕，却并不包括身体上所留下的那一道道疤。
- 好姑娘应该干净、美丽、大方、健康。

秘方 NO.8

并非这世界陷阱重重，是你自我保护意识不够

有个姑娘给我写了一封欲言又止的信：雪漫姐姐，最近我在网上认识了一个人，我们特别特别聊得来。我知道网上认识的朋友多半不靠谱，但是他对我真的很好，在我不开心的时候，他都会陪着我聊天，哪怕是到深夜。前几天，我实在忍不住去跟他见了面，结果……发生了不太好的事……我不好意思写出来，但是我相信，你懂的。雪漫姐姐，我不知道该怎么办。我好像一天到晚想呕吐，也不敢去看医生。我心里非常痛苦，不知道应该跟谁说，我没想到网络真的这么不可信！我觉得我以后不但不相信网络，连这个世界都不想相信了！

瞧这姑娘，世界有多大，你知道不？就算你知道，你信不信“世界”，“世界”还真的不在乎，更别说什么“我懂的”！真的

很抱歉，我还硬是弄不懂，你今年是五岁，还是六岁？网上随便认识一个人，给你批发一些甜言蜜语，你就乖乖地把自己送上门去？出了事能怪谁呢，当然要怪你那个不良网友以及没有脑袋瓜的自己！

那么容易就去相信一个人，和陌生人在陌生的地方约会，在遇到危险的时候乖乖地就范，说明你连最基本的自我保护的意识都没有。出了事再来问我该怎么办，我能怎么办？就算我陪着你去医院，也顶多是替你壮个胆，我已经改变不了事实。

其实这个姑娘并不是特例，在我身边这样的女生真是层出不穷，多到让我头痛。前两天就有一个姑娘，非要穿着高跟鞋去爬山，只为了要拍几张好看的照片，结果扭了脚，直接从山上滚下来，伤了腰。医生说，她要在医院躺好几个月。

“不能穿着高跟鞋爬山”这种基本常识她都不懂，还不听别人劝告一意孤行，非要狠狠摔一跤，才肯低头反省：“我怎么这么傻呢？”

迟了，先躺着吧。

每个女生在成长的过程中，都难免有一些孤独和寂寞，常常会被所谓的友情和义气弄得失去判断能力。大脑缺氧的时候，干一两件荒唐事，影响不大的话，倒也没什么。但如果一失足成千古恨，后悔也没用了。前几天还有个女生的母亲给我打电话，说她女儿跟着一个男的私奔了，希望我能帮她把女儿劝回家。这位妈妈哭着对我说："从女儿小的时候，我们就告诉她，外面的世界很危险，那些男人都不是好人。我们真的把她看得很紧，她这么大了，上学放学我们都接，就是怕她出事！"

"可是，"我说，"世界哪有那么乱，为什么要这么教孩子？你们与其给她灌输这些'有的没的'的观念，不如真正地教给她一些保护自我的基本知识以及遇到危险的时候如何自救的方法。那才叫实用。"

有个姑娘曾经问过我一个问题："你觉得这个世界上是好人多还是坏人多？"

我说："当然是好人多。"

"可是我遇到的人，为什么总是那么坏？不是骗财，就是骗色，要么就是骗我的感情！"

我回答她："那是因为，他们觉得你好骗，而且你被骗后还不敢声张。"

女生重重地点头，觉得我说得有道理。

女孩子们，学点基础法律知识是必要的，在网上多看一些"防狼手册"也是必要的。无论如何都不要忘记，正当防卫是你的权利。

不管他是谁，有几点是一定不能对你做的：一、侵犯你的身体；二、伤害你的家人；三、掠夺你的财产；四、逼你做触犯法律的事。

如遇以上四点，直接报警，不必犹豫。

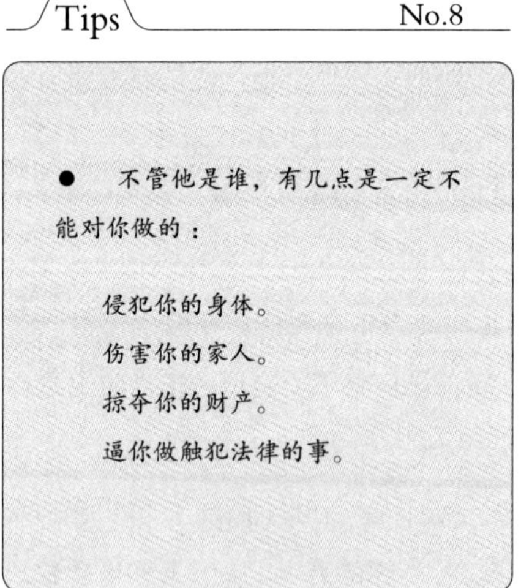

秘方 NO.9

不是你的幸福不够多，是你感知幸福的能力太低

有一次我去参加一个校园讲座活动，在与读者互动的环节，大家纷纷向我提问。

一个同学问我："雪漫姐，你觉得现在的自己幸福吗？"

"当然啊！"

"那你觉得什么是幸福？"

我没有回答，反问她："你觉得你幸福吗？"

那个同学沉默了一小会儿说："不幸福。"

"为什么呢？"

"唉，原因多了。我现在高三，高考压力太大了，而且我怎么努力学习成绩也不见长进。老师天天找我谈话，我又不是不学，我就是学不会啊，我自己也很着急啊！"

“学校这样也就算了。回了家，老爸、老妈更狠，从我一进门就开始唠叨，就连我吃饭、上厕所的时候都不肯停嘴，我都快被烦死了，哪儿来的幸福感啊！”

我对这个愤愤不平的同学说：“如果以下三样你必须选一样，告诉我你选哪一样：一、没地方住；二、没饭吃；三、被父母唠叨。”

她想了半天后说：“还是最后一样吧。”

底下笑声一片。

我说：“可是你想过吗，有些孩子可能没有最后一样，但是却很不幸地拥有前两样？在那些孩子眼里，拥有最后一样的人是无比幸福的。”

这时候，台下变得鸦雀无声。女生也低下了头，若有所思。

其实，幸福真的很简单，它就是一种感知生活的能力。一花一世界，一鸟一天堂；鸟在天上飞，鱼在水里游。我们只要在自己的世界里，体会每一秒活着的意义，那便是幸福的。

平时天天和父母一起吃晚饭的时候，你并没有觉得幸福。但当你外出上学或者工作，一年之后再回到家里，和父母坐在一起，品尝他们做的饭菜，那种久违的熟悉和满足的感觉其实就是一种幸福。

每天晚饭过后和爱人窝在沙发上看八点档的偶像剧的时候，

你并没有觉得幸福。但当爱人出差一个月后回来，你们两个再抱着零食一起看电视的时候，你会突然发现有他在身边的感觉很奇妙，其实那也是一种幸福。

连着一个星期加班，忽然有一天可以睡到自然醒，醒来的时候看着窗外的灿烂阳光却不用担心迟到和打卡，幸福也就这样不期而至。

幸福这件事，哪有那么难？

我有个朋友，家庭条件不太好，年纪轻轻就出来打工了。不过这个姑娘很有能力，公司待遇也很好，月薪加起来也有六千元左右吧。可是她见人就念叨自己怎么怎么没钱，怎么怎么生活不容易，压力太大，前途不光明什么的。

其实吧，她也不是没有存款，只是看到钱比自己多的人，心里就发慌。看到别人买得起的东西她买不起，心里就不平衡。

我的另一个朋友受不了就批评她说："我一个月才拿三千块，怎么我也没感觉像你活得那么痛苦啊！比我们钱少的人，多的是啊！"

演员范伟曾经说过：幸福就是，此刻我们都很饿，我一无所有，你还有最后一个包子，那你就比我幸福。

幸福就是上茅厕的时候我找不到坑，但是你就蹲在那里，你比我幸福。幸福就是好不容易我找到了坑，可是忘记拿纸了，而你有，你比我幸福。

当你们手牵手时，你们比我幸福。

幸福就是比别人拥有的多一点。

确实是这样，一个人是否快乐往往取决于他的“幸福感知度”。有些人明明很幸福了，自己却感觉不到；有些人在外人看来生活得很悲催，但是他却常常能自得其乐。

用心寻找，幸福一定就在不远处。

Tips No.9

● 幸福真的很简单，它就是一种感知生活的能力。

● 我们只要在自己的世界里，体会每一秒活着的意义，那便是幸福的。

● 一个人是否快乐往往取决于他的“幸福感知度”。

秘方 NO.10

你的悲伤不是全世界都要知道，要学会一个人担当

周六晚上，我打开 QQ。

一看见洛洛在线，我赶紧隐身。

果不其然，两分钟以后，好几条留言连续发来：

雪漫姐，你在吗？我今天一天都没吃东西哦，好饿。

雪漫姐，我很孤单，我男朋友又把我一个人扔下去复习了。他说他要好好准备高考，可是我觉得他最近都好可疑！

雪漫姐，你说他是不是移情别恋了？我打了他十个电话，他只接了第一个。我想起来上一次他准备期末考试的时候也是这样子！我觉得我好惨啊，怎么会有这样一个男朋友，一点都不在意我的想法！我一点都不幸福！

……

我知道那一刻，在QQ上听洛洛大倒苦水的人，绝对不止我一个。

而选择隐身一声不吭的人，也绝对不止我一个。

因为我们已经习惯了这样的洛洛，对付她的最好方式，就是不理她。不然，她一定会就着一点小事跟你说上个一天一夜，全然不顾你现在是不是有时间听她诉苦。

生活中喜欢这样小题大做、可怜故事天天都有的姑娘并不少见，我们把她们叫作“全世界我最悲伤星球人”。

她们当中的很大一部分人只是在潜意识里想要得到别人更多的关注，以为通过抱怨和诉苦能够获得同情。殊不知，大多数时候很多问题是必须要一个人去面对的，那些用来不停埋怨的时间，不如用来轻松解决问题。

有个叫大卡的姑娘也是这样。大到没发挥好的期末考试，小到早上喝的豆浆不够味，她都能抱怨个没完，几乎她身边的每一个朋友都很怕跟她聊天和交往。

有一次，为一双磨脚的鞋，她就在宿舍里絮絮叨叨了一整个下午，对着三个室友诉说自己的脚有多可怜，说着说着还讲起自己小时候家里很穷的事，最后竟然伤心地哭了起来。终于，一个室友受不了了，直接拿了一双拖鞋往她眼前一丢，大叫一声：“换鞋！闭嘴！”

她跟我讲这个故事的时候丝毫没发现自己的问题，而是问我："你说我们宿舍的人是不是都很没有同情心？"

我问她："可是你想过没有，你身边的人为什么要去承受你的坏情绪？"

每个人都有自己的痛苦，但是，千万别让自己做怨妇，或者期待全世界都来分担你的痛苦，自己的人生要自己扛起。要深信抱怨是解决不了任何问题的，与其唉声叹气纠结个没完，不如直面痛苦速战速决。

我曾经接触过一个在书店里负责营销的小姑娘，有一次她的主管安排她来负责我的签售活动，但是她粗心大意把签售地址记错了，结果活动需要的用书都被寄去了同城的另一家书店。她的主管忍不住责备了她两句，她竟然当场哭了起来，并且一哭就停不下来，一会儿说同事给的地址写得字迹潦草害得她看错了，一会儿又骂快递公司一点也不负责。我看了一下时间，她真是哭了起码有一个钟头。而在这期间，她的同事一直在不停地打电话去解决这个问题，终于在活动开始前十分钟，书顺利地到达了书店。

晚上陪我吃饭的时候，她还在难过，一直在跟我讲她工作有多么多么不容易，运气有多么多么不好，总是遇到倒霉事。因为对她不是很熟悉，我不好打断她，但我真想对她说一句："姑娘，解决问题才是正经事。你的悲伤不会因为你把它说了一千遍就消失，反而会被你无意识地复制一千遍，直至在你心里缠成一个无法解开的结。这才是你人生不如意的真正原因啊！”

不管是谁，都不可能一辈子一帆风顺，所以你一定要学会直面生活中出现的那些不愉快，对自己的人生多点责任心。不是所有的问题，都要双亲为你解决；不是所有的困难，都要朋友为你分担；不是所有的障碍，都要爱人为你扫除；不是所有的悲伤，都要大声告诉全世界。

你记住了，磨炼即是成长的开始，与其哭哭啼啼博同情不如挑战自我赚好评！

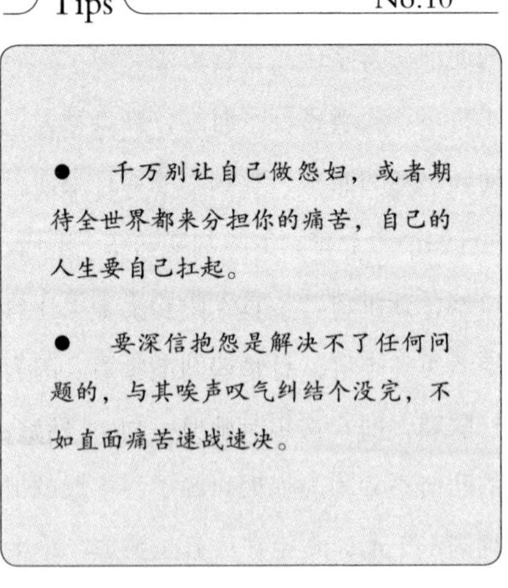

Tips No.10

● 千万别让自己做怨妇，或者期待全世界都来分担你的痛苦，自己的人生要自己扛起。

● 要深信抱怨是解决不了任何问题的，与其唉声叹气纠结个没完，不如直面痛苦速战速决。

秘方 NO.11

不要购买超过自己实际支付能力的东西，不然你会活得很憔悴

我有个朋友叫思思，是个很漂亮的文艺女青年。她在北京一家很有名的网站做编辑，平常空闲时喜欢写点稿子。我以往见她，她都打扮得光鲜靓丽，是个令人感觉特别舒服的女生。

前两天，我在某个活动中又见到了她。她只是化了个淡妆，整个人看上去很没有精神，蔫蔫的。我跟她开玩笑，问她是不是失恋了。她苦着脸对我说："不是啊，雪漫姐，我是要结婚了。"

"你以前很爱打扮的啊，现在要做新娘了，更应该把自己弄得美点才对。"

"没心情。"思思说，"我刚买了房子，离公司特别远，又买了辆车子，欠了一屁股债。我现在烦得很。"

"慢慢还呗。"我安慰她。

"都怪我自己头脑发热。"她说，"当时买车的时候，我本想

买一辆十几万块的车就好了，结果看到同事开了一辆宝马，三十多万块，很是羡慕。要是贷款的话，算下来每个月也就是多还三千块。我一咬牙、一跺脚，买了，心想多大个事啊，平时少吃点，不买新衣服就是。”

“然后呢，怎么了？”我好奇地问。

“哪知道新房的装修费比预算超出好多，但房子也不能装一半就不装了吧。我以前还可以骄傲地跟人家说，要找我写稿，没千字千元别来找我。现在，连千字五十元这种活我都接了！一夜不睡，埋头写到天亮，才挣三百块！如今想想，十几万块的那种车挺好的，还省油，还不用整天担心停在路边被蹭到。我真是后悔到不行！”

确实，思思只要不买宝马车，或者等房子装修完手头宽裕些再买，她的生活质量都不会受到什么影响。但她不顾自己的收入现状，凡事都要求“更好一点”，结果搞得自己累死累活，跟爱人之间还常常因为钱的事发生矛盾。

就算开着宝马、住着豪宅，生活也未必过得比原来快活。

我还认识一个女生，是个网购达人。她工作之余最大的爱好就是网购。哪家衣服好看，哪家何时上新、何时打折，她都了解得清清楚楚。有一次我去她办公的地方，看到她的办公桌旁边全都是快递，堆得满满的，还有好多都没来得及拆封。她很高兴地跟我展示她刚买的一条围巾，说是限量版的，秒杀到的，商场要卖一千多块，她只花一折左右的价格就买到了，兴奋得要命。

后来我听说，这姑娘成了“卡奴”。为了满足自己的购买欲，她办了好几张信用卡，结果到时间还不上钱，银行纷纷上门讨债，弄得她连电话都不敢接，每天都过着担惊受怕的日子。后来她爸爸替她把所有的债务还清，她才重新恢复了正常人的生活。

其实，我并不是反对女生消费，要求女生都去过那种清贫的日子。包括买奢侈品这件事，大家都觉得，买奢侈品是为了满足虚荣心，可是，如果一件 Burberry（博柏利）的风衣能提升你的气质，一瓶 Chanel（香奈儿）的香水能让你身心舒畅，为什么不能买？

女人就是得让自己活得精致点、优美点！

但这里有个前提一定不能忽略，那就是你买得起！

你不能为了车、为了房，为了自己想要的一切把自己弄得狼狈不堪，成天灰头土脸，想起“钱”这个字就恨不得一头栽进茫茫大海再也不用浮出水面。

那多累！

所有以牺牲自己原有生活质量为前提的购物，都是不理智的购物行为。

你的爱人足够爱你，房子大一点、小一点，住着都很幸福。你的工作总是令你愉悦，你开什么样的车去上班，心情都会好。你的笑容足够灿烂，你穿的衣服贵一点、便宜一点，也丝毫影响不到你的气质。

在你还需要为花钱这件事思考的时候，下手购物前请三思，别让金钱就这样轻易地买走了你的快乐。

Tips No.11

- 你的爱人足够爱你，房子大一点、小一点，住着都很幸福。

- 你的工作总是令你愉悦，你开什么样的车去上班，心情都会好。

- 你的笑容足够灿烂，你穿的衣服贵一点、便宜一点，也丝毫影响不到你的气质。

秘方 NO.12

爱自己不是自私，只有自己强大了，才有力量拥抱你爱的人

女生小希最近一直在纠结。她毕业后找了一个好工作，想留在北京，但是父母希望她能够回家去。小希问我：“要不要回去？”

我给她讲了小婉的故事。小婉毕业后本来可以去广州一家很有名的企业上班，但是父母就她一个女儿，希望她能陪在他们身边。所以，小婉毕业后回到了家乡小镇。去广州的那个名额，她让给了同班的一个女同学。最后的结果是，小婉在老家一直没找到一份好工作，男朋友也没什么出息，两个人过着很窘迫的生活。爸爸妈妈的养老金也全贴到她的身上。

小婉最后走投无路，只好再去广州打工，而当年代替她去广州的那个同学已经在那家企业做到一个不错的职位，收入非常高。

为了回报小婉，她把小婉招进了公司。小婉一切从头做起，却早没了刚毕业时的那份激情，无论生活还是工作，都感觉特别吃力。她追悔莫及。

“你的意思我懂。”小希说，“可是如果我不肯回家，我很担心我爸妈说我不孝顺、自私。这是我最怕的一点。”

你要知道，你美好的未来和你最爱的人是息息相关的。

也许你为了现在特别好的工作而少陪了父母几年，但是因为有了好工作，你有了新的起点，你开始变得不一样，你可以挣到更多的钱，让他们过上更好的生活，有更多的安全感。这才是最好的“孝顺”方式，难道不是吗?

不管你多爱一个人，你都不可能一辈子和他生活在一起。你的父母可能有一天会先于你离开这个世界。你的爱人，在你遇见他之前，你们也已经各自度过了好些岁月。爱本来就是一个很奇怪的东西，它如同手中沙，握得越紧，消失得越快。

人生的成功，除了相信努力之外，我也相信“运气”。

机遇不是每时每刻都有，有了好的机遇不抓住，也许你这辈子最好的“运气”就到此为止了。

曾经有一对父母，因为怕失去女儿，几乎天天陪在女儿身边，不准她离开他们半步。女儿去读大学了，他们夫妻俩就卖了老家的房子，搬到女儿的大学附近，只为了女儿“天天能吃上一口热饭”。女儿工作了，他们又搬到女儿的公司附近。女儿结婚了，他们又要求新房里一定要有他们老两口的一个房间。女儿心中百般不愿意，但迫于“爱和感恩”，最终还是答应了父母。

婚后，女儿照样被管东管西，不能晚睡，不能吃太咸的东西，电视的声音不能开得太大……女儿被管习惯了，倒还能忍。受不了的是女婿，不到一年，他就提出了离婚。

女儿这才醒悟过来。为了挽救自己的婚姻，最后她和自己的先生一起去了美国。知道这个消息以后，她妈妈做的第一件事情就是自杀，幸亏被抢救了过来，才没有引起更大的悲剧。

最后的结果是，女儿在国外过上了轻松自在的生活，也挣了不少钱，每一两年回家看父母一次。她很庆幸当时自己的选择，她说：“如果不是这样，也许我会坐一辈子‘爱的监牢’，想想都可怕！”

而那个自杀未遂的母亲，也慢慢地接受了女儿离开自己的事实。当她目睹女儿离开她之后的幸福生活和由衷的笑容时，才明白原来爱并不是一定要在一起。

从某种程度上来说，爱自己，并不意味着自私。你爱的人总不会想你吃苦，想你三餐不继，想你受委屈。他们也希望你发奋工作，可以过得舒舒服服。所以请不要背负任何罪恶感，或许一时会被你爱的人误解，但是如果为此就把之前辛辛苦苦的努力完全抹杀，前功尽弃，这便是心灵的软弱了，是自私。

只有当你变得更加强大时，你才有更多的勇气和力量去爱你所爱的人，赋予他们更多正能量；你才有更多的可能和机会坚守着你和他们之间的爱，一直到达你最想要的地老天荒。

Tips No.12

- 机遇不是每时每刻都有，有了好的机遇不抓住，也许你这辈子最好的“运气”就到此为止了。
- 只有当你变得更加强大时，你才有更多的勇气和力量去爱你所爱的人，赋予他们更多正能量。

秘方 NO.13

你可以演，
但你不要演得迷失了自己

有一次，有个小姑娘托人找到我，非要当我的书模。

她说她很漂亮，是学校的校花。她的理想，就是当一个优秀的平面模特。

可是坦白地说，她的长相和气质，跟校花有相当大的差距。但她却一直在我面前说她姣好的容貌为她的生活带来了很多困扰，害得她都没有什么真正的朋友。

为了不伤她的自尊，我小心翼翼地问她："你这个校花，是怎么评选出来的？"

她扭捏着说："大家都这么讲，而且我从小学起就是校花了。我都当了十四年校花了，没什么新鲜感了，我并不觉得这有什么了不起。"

有好几次，我想说服她，让她认清事实——就是她其实没那

么好看，她生活中的诸多困扰，并不是她的长相为她带来的。可是，当她在我面前说出“你之所以不录用我做书模，是因为你无法正视我惊人的美”这种话的时候，我觉得只有直接站起来微笑着走开，才能更好地表达我那一刻的心情。

这姑娘，是在表演中彻底迷失了自己的那种人。她沉醉在自己编织的美丽谎言里自得其乐，久久不愿醒来。当然，她会醒，那是在付出成长的代价之后。只是我不能够确认，那个代价，她是不是能付得起。在这之前，我只能祝她好运。

还有个女孩叫亚南，长得挺好看的，大学里学的是新闻专业。她的语言表达能力非常强，交际能力也不错，但就是专业知识并没有那么好。她曾经这样跟朋友说过：“我就是那种只有六十分，但也可以演出一百分的人，这就是我最成功的地方！”

确实，因为她先天的优势，大家真的会比较容易忽视她的弱项，她也常常觉得自己就是系里面最优秀的学生。毕业的时候，她总奔着大公司和大企业去找工作，结果高不成低不就，毕业一年了，也没找到一个合适的工作。

有个词叫“自恋”，说的是喜欢自己的人，总认为自己做的事都是正确的，不太听得进别人的意见。他们对自己比较满意，往往也喜欢自拍，还把自拍的照片放到网上，供大家欣赏和评论。

我觉得自恋这事没啥错，这只是一个人的爱好。自恋的人最起码还懂得欣赏和爱护自己。但如果你入戏太深，自恋过度，到最后都迷失了自己，就像希腊神话中那个极度自恋的美男子纳尔希索斯一样，容貌英俊，令天地万物失色，最终也令自己憔悴而死。

你可以演，别人也可以为你打满分。可是你千万不要忘了，你真实的分数是多少。唯有认清自己，努力进取，你才不至于在前进的路上迷失了方向。

Tips No.13

- 你可以演，别人也可以为你打满分。可是你千万不要忘了，你真实的分数是多少。
- 唯有认清自己，努力进取，你才不至于在前进的路上迷失了方向。

秘方 NO.14

你没有病，不需要去看心理医生

前几天，我一个朋友来找我帮忙。他跟我说：“我觉得我女儿最近特别不对劲，整个人没什么精神。她一回到家里，也不跟我和她妈妈打声招呼，就直接进房间，饭桌上也不肯多讲一句话。你问一句她答一句，很勉强。这种状态都持续了小半个月了。她妈妈在网上找了很多资料，怀疑她得了抑郁症，说要带她去看看心理医生。不过，我想你懂这些孩子是怎么想的，我能不能把她带来，让她跟你聊一聊？”

过了几天，我见到了这个女孩。她果然话很少，也不怎么理我。吃饭的时候，她一直在埋头发短信。她妈妈很不好意思地对我说：“她以前真不是这样的。以前她很乖，很少让我们烦心。”

女孩抬头看我一眼，表情分明是在说：说谁呢？

不过她妈妈真的很夸张，拿了一大堆心理医生的资料，非要我替她选到底哪一个更靠谱，还问我吃什么样的药副作用比较小。

我说："抱歉，我还真不懂。"

"你不是那个什么心理专家吗？"她妈妈说。

我把那些东西揉成一团，推给她妈妈，说："这样吧，给点时间让我们俩单独聊聊行不行？"

两口子有点不放心地走了。咖啡屋里就剩下我和女孩，我俩面对面坐着。

我直截了当地问她："分手多长时间了？"

她说："你说什么？我听不懂。"

"你完全听得懂。你没病，你就是遇到了某件不开心的小事而已，但是你怕你妈妈问东问西，所以就索性装病。不过你要小心点，别反倒把你妈妈逼出病来。"

"那我有什么办法！"她横我一眼。

"装高兴点呗。"

"你说得容易！我打赌，你要是失恋了，保证也笑不出来。"

果然。

我笑着说："反正失恋这种事，忍忍就过去了。但是要是吃了不该吃的药，变成弱智倒有可能，你自己想想吧。实在不行，你就跟你妈妈坦白吧，反正都是过去式了，她也不能拿你怎么着。"

"饶雪漫，你还真是坏。"女孩这才发现上当，咬牙切齿地看着我，但最终还是忍不住笑了。

和女孩聊完，我给她爸妈打了个电话，告诉他们千万不要带她去看什么心理医生。如果想让她尽快好起来，就尽量让她安静一些，不要问她太多的问题。我保证最多半个月，她肯定恢复正常。

没半个月，一周不到，她妈妈就兴高采烈地给我打来电话说："谢谢你，她好像真的没事了。今天她爸爸讲了单位上的一个小笑话，我看她笑得都快晕过去了，哪有什么病！"

不可否认，青春期的孩子，思想开始变得复杂叛逆，大人们容忍不了他们的各种不妥言行。两代人发生冲突的时候，大人们解决不了问题，容易把各种病症的帽子扣到孩子们的头上，孩子们也就欣然接受。我认识的一个女生就特别清楚自己没有病，却每周配合她妈妈花昂贵的费用去看心理医生。

我问她："为什么不反抗？"

她说："为什么要反抗？我傻啊！有病多好，再也不会有人逼我好好学习了。"

这算是脑子明白的，不明白的那些听从父母的安排去看了心理医生，不知不觉中得到暗示，慢慢地就认为自己真的有问题。你如果一直告诉自己"我有病，我有病"，我想放到谁身上不得整出个精神错乱来啊！

还有很多女生的病其实是自己臆想出来的。我收到过很多类似这样的信件：我得了抑郁症，我什么也不想做。今天我洗手就洗了三次，是不是得了强迫症？我得了厌食症，什么东西都吃不下……

生活中总是有那么多的无奈，你的心情也肯定会时好时坏，但是姑娘们，抑郁症不是你想得就能得的，不开心不需要去看心理医生。有那个钱，你不如去看场喜欢的演唱会，买条喜欢的裙子，请朋友们去唱个 K，或者和心爱的男生约个会。你更不要试图用“我有病”做幌子来逃避现实，那样做的结果只会让你的现实变得越来越糟糕。

做个正常人，你才能拥有正常的生活。

Tips No.14

- 抑郁症不是你想得就能得的，不开心不需要去看心理医生。
- 不要试图用“我有病”做幌子来逃避现实，那样做的结果只会让你的现实变得越来越糟糕。
- 做个正常人，你才能拥有正常的生活。

秘方 NO.15

代沟不能逾越，但是你可以将它隐形

“代沟”这个东西，说了好多年了。

能解决吗？

说实话，谁也解决不了。

你想想看，完全不同的两代人，性格不同，年纪不同，经历的东西不同，喜欢的东西不同，对事情的看法不同，怎么可能完全融合到一起？

我跟我儿子的关系已经算是很融洽的了。可是，每当我带他出去旅行，看到他成天在耳朵里塞一个耳机听歌或者玩游戏的时候，我还是忍不住“火冒三丈”。我担心的东西比较多，比如听歌时间太久耳膜会受伤啦，玩游戏太久眼睛会疲劳啦，等等。我提醒过他很多次，他也改不了，而且还反问我：“外面那么吵，我为什么不能有自己的世界？”后来我想想，其实我年轻的时候也是这样的啊！那时候，我爸妈也看不惯我来着。可是现在，为什么我也看不惯儿子了呢？难道这就是传说中的“岁月改变了一切”？

想到这些，我闭了嘴，只是跟他重申了安全的问题。某次过马路的时候，看到他主动取下耳机，那一刻我还是挺欣慰的。

我说到这里你肯定会说啦，我妈妈又不是饶雪漫，哪里可能会那么通情达理？好吧，就算是这样，你也老大不小了，在有些事情上，当你父母顽固不化的时候，你能不能学着通情达理一些呢？

有个盲人小姑娘，特别可爱，是我的读者。当然，她读书不是“读”的，而是“听”的。因为太喜欢听书，所以她是吃饭也听，上厕所也听，有时候做作业也听，不放过任何一个可以听书的机会。这一点令她妈妈特别苦恼，担心她这么“过度听书”会影响健康。但是因为身体有残疾，她自尊心特别强，又爱哭，她妈妈平时也不太敢说她，只好请我帮忙。

我问小姑娘：“吃饭的时候听小说，爽不爽？”

她笑着说：“爽啊！”

“你妈妈不喜欢你这样，你知道吗？”

“知道。”她低声说。

“其实我不觉得吃饭听书有什么不好。但是，你妈妈不喜欢你这样，主要是怕你伤到胃。或者，你平时都在学校里，她就是想趁着吃饭的时间跟你聊聊天。你考虑一下，以后吃饭的时候能不能不听书了，就算是让妈妈安心？”

她想了一下，最终还是点了点头。

就这么一件小事，她一妥协，她妈妈抱住她，当时就乐得掉下了眼泪。

当父母对你提出要求的时候，你有没有想过，如果你按他们的要求去做了，也不会掉半块肉、少一根头发，但是父母却会因此而老怀大慰呢？如果老是处处跟他们顶着干，他们说东你偏往西，他们说南你偏往北，久而久之，你们之间的这种状态就演变成了一场没有硝烟的战争。很多时候，明明知道父母说的是对的，你也因为心里有股莫名的气而非要跟他们顶着干。到最后，家里气氛紧张到就如同装了一个定时炸弹，随时随地都可能发生大爆炸，何苦呢？

有个女生在家里和爸爸一起看《盗墓笔记》，爸爸说盗墓就是考古，她告诉爸爸盗墓跟考古没关系。就为这事，她跟爸爸吵了一整天，气得晚饭也没吃。

“我爸爸一点文化都没有！”她对我说，“本来说盗墓，他扯着扯着又扯到我记性不好，说什么我该记的不记，不该记的倒记得蛮多。吵不过我，他又说我房间乱！”

“很费力气，也很伤神吧？”我问她。

“那是！”她用力点头。

“可是，遇到这种非原则问题，要是观点不统一，你就装作同意不就好了，非要说服他干吗呢？”

“我就是不想他嘚瑟。”

“你不想他嘚瑟，你就得用力气陪他吵，那你也别怨恨。”

“说得也是啊！”她恍然大悟的样子。

如同“别人家的孩子”总是好的一样，“别人家的父母”也多半是好的。别试图去改变父母的思想，因为他们已经这样生活了好几十年。你不必完全认同他们，但一定要学会宽容他们。你一定要记住，很多时候，不和父母吵架，是最基本的孝顺。

与其用力气去与家人抗争，不如好好地加油，互相鼓励，增强彼此爱的力量和信心。血脉亲情是无论如何都割不断的，没有什么能让你们真正分开，除了地震、海啸以及你们自己。

Tips No.15

- 你不必完全认同他们，但一定要学会宽容他们。
- 很多时候，不和父母吵架，是最基本的孝顺。
- 血脉亲情是无论如何都割不断的，没有什么能让你们真正分开，除了地震、海啸以及你们自己。

秘方 NO.16

成年之后，
你和大人的错，各买各的单

我想很多人都曾经有过这样的经历：大人们天天教育我们要好好学习，不要偷懒，他们却成天待在麻将桌上不肯下来；大人们总是说不要撒谎，撒谎是种最坏的习惯，可是他们自己，却往往张口闭口都是假话，说的时候还不带脸红的。

是不是大人，就要比小孩多很多特权？

其实原因很简单，大人自己也逃不掉做一个普通人的命运，总有那么几个改不掉的坏毛病甚至是恶习。但他们却总是把希望寄托在孩子身上，希望自己的小孩人见人爱、花见花开，最好像神一样完美。

矛盾就此产生了。孩子们也会说，你自己都做不到，凭什么

要求我呢？你自己都错事累累，凭什么还来教育我？

但是，是不是有毛病的父母或者犯了错的父母，就不配做父母了呢？而且，他们希望你比他们过得好，这不是正常的吗？

通过这么多年和青少年的接触，我发现那些所谓的“问题少女”，大多数还是出自有问题的家庭。她们的父母要么离婚，要么成天吵吵闹闹，不是父亲家暴，就是母亲出轨。这些父母成天埋怨自己的孩子不懂得父母的艰辛，却浑然不知正是他们的无知导致孩子过早地进入社会。不管是谁，都不愿意长期待在一个总令自己感到窒息的环境里。这些在家里获取不到安全感和幸福感的孩子，会更容易在外面结交朋友，寻找所谓的相同感和认同感，也常常因此而走上不该走的那条路。

我想跟女孩们说的是，家长的过错，可能是你们犯错的原因，但不能成为你们犯错的理由和借口。因为归根到底，你们自己犯的错，总是要你们自己来承担。比如有一个很爱偷东西的女生，为了钱财，她不仅偷，还诈骗，最后被警察抓了，她第一句话就是：“我爸这人特别自私，我跟他要钱，他从来都不给我，所以我只能走这条路。”

警察叔叔被她弄得哭笑不得，问她说：“那你觉得是不是该你爸爸来替你坐这个牢呢？”

同样的道理，不管父母错成什么样，你也无须为父母的过错买单，更不能将父母的错加在自己身上，对自己进行变相的惩罚。有一个女生，是个典型的乖乖女，成绩好，长相也好，就是研究生毕业五年后三十大几了也不肯谈恋爱。原来，她父母平日里看上去关系挺好，但在她上初中的时候，她无意中发现爸爸有外遇。起初她还替妈妈打抱不平，后来却发现，爸爸有外遇的根本原因，是因为妈妈已经提前背叛了这个家。

从此，这个女生完全失去了对爱情的信任。任何男生追求她，她都害怕，不敢真正地走进一份感情，从而失去了很多本应得到幸福的机会。

还有一个女生，本来挺开朗活泼的，后来她爸爸犯了罪、坐了牢，她就将自己整个封闭起来，不肯与外界交往，认为所有人看她的眼光都是异样的，或者同情的。

跟我见面时，她第一句话就是："雪漫姐，我不希望你是因为同情我……"

"等等，"我打断她，"你有什么值得我同情的？是你少了胳膊，还是断了腿，还是瞎了眼，还是穷得揭不开锅或者病得吃不下饭？"

"你知道我的意思。"她低声说，"她们肯定跟你介绍过我的情况。"

"如果真要说同情，我同情的是你亲手将绳子捆在自己身上，结在自己手里，却迟迟不愿意去解开它。别人眼中的你，只是你，与其他任何人，都没有关系。"

姑娘们，你们要记住，父母口袋里有多少钱，你们肯定是搞不清楚的。再说了，父母的钱不是你们的钱，你们搞不搞清楚都没什么意义。他们取得的荣誉，你们可以骄傲但无法真正分享；他们犯下的愚行，你们可以难过但无须担责。你们永远都不要试图去帮上一辈理清他们混乱的感情关系。如果他们是对的，也有可能是年少的你们无论如何都理解不了的。如果他们是错的，他们迟早会为自己的过失和错误买单，买不买得起，也是他们自己的事。你们能做的，只能是在合适的时候提出你们真实的想法，并冷静地旁观他们的处理方式。

如果你们真心不喜欢他们那样，就尽量不要重复和他们一样的人生；不要在有一天自己也为人母的时候，用同样的方式对待自己的孩子，那才是个大大的悲剧。

Tips No.16

- 家长的过错，可能是你们犯错的原因，但不能成为你们犯错的理由和借口。
- 归根到底，你们自己犯的错，总是要你们自己来承担。
- 如果你们真心不喜欢他们那样，就尽量不要重复和他们一样的人生。

秘方 NO.17

永远不要看不起你的父母，在他们需要保护的时候第一个站出来

前一阵子有个女生来找我，说她越来越看不惯她的父母，问我应该怎么办。我问她到底出了什么事。她告诉我说，她母亲是一个中学老师，父亲算是一家公司的高管，暑假的时候，他们一家去欧洲旅行。第一次出国，本来是很高兴的一件事，谁知道会惹得一肚子闷气！

问到细节，她告诉我说，她父母好歹也是大学毕业，平时在国内混得也不差，谁知道英文会那么烂，不管什么事都缠着导游小心翼翼地问东问西，团里其他人都笑话他们，弄得她好丢脸！

我问她："那你干吗去了？你不都读初三了吗，就不能帮点忙？"

"看他们那个熊样，我气得什么话都不想说。"女生说，"有一天回到宾馆，他们想要杯热水喝，两个人合计了半天，却不知

道‘热水’这个词怎么说，只能作罢！”

我说：“你是觉得父母丢了你的人？”

她拼命点头。

“可是，有你这样的女儿，他们才应该觉得丢人吧。”

她睁大眼睛瞪着我。

我说：“瞪什么瞪，我说的是大实话！”

你想想，一家三口去一趟欧洲，应该是要花不少钱吧。如果不是为了女儿，父母应该是舍不得花这么大一笔钱的。再说了，如果不是去这一趟，女儿又怎么会知道学英文的重要性呢？

父母要不到热水喝不丢人，上一辈大学毕业英语口语不好、到外面张不了嘴的人太多了，因为没有机会实战啊！女儿学了近十年英语，请外教的钱花了厚厚一沓，到了国外还不能替父母要一杯热水喝，你说这件事到底是谁丢人？

看不起父母的孩子远远不止她一个。很多女生都是这样，又敏感又要面子。母亲是清洁工，上学、放学的路上看到了，装作不认识；爸爸不懂智能手机的用法，便当着众人的面嘲笑他土包子。这些女生忘了，如果不是父母为你们撑起一片天，给你们的求学铺好一条路，你们又哪来嘲笑他们的那些资本呢？

真正懂事的女儿，无论何时何地，在外人面前，都要懂得维护双亲的尊严。在父母需要保护的时候，第一个站出来。

我一直都记得有一次和同事去黄山旅行，有个女同事带着她十二岁的儿子。我不记得是什么事了，反正在山顶的时候这个女同事和别人发生了冲突，对方很凶，是两个大男人。就在这个时候，只见她儿子冲上前，张开双臂，护住妈妈朝对方喊道："你们要是敢欺负我妈妈，就不要怪我不客气！"

围观的人全都笑起来，两个大男人不好意思地转身离去，事情也就不了了之。而那个小男子汉勇敢的模样却一直留在我心里，这么多年挥之不去。

我的读者文子给我写过这样一封信：雪漫姐姐，每次去奶奶家过年，我都觉得很压抑，因为我有一个患有精神病的妈妈。我妈妈自从得病以后，总会说一些惊天动地的疯话，所以在奶奶家的每一分每一秒我都觉得特别难熬，精神总是高度紧张，生怕她又说错话。可是谁能管得了一个精神不正常的人呢？只要她一开口，周围的气氛立马就变了。我不知道她脑袋里到底装的是些什么东西！那些莫名其妙的话她怎么可以说得那么顺口！雪漫姐，你知道当时我有多难堪吗？我恨她，恨她把我带到这个世界上！我真希望她死掉！你能体会我的感受吗？我很想跟她断绝关系。请问我该怎么办，有什么办法？

文子，对不起，我真没有办法。

你要记住，你妈妈已经被鉴定为一个病人了。她头上冠着一个"神经病"的帽子，发病的时候不能控制自己的言行，你以为她的日子好过吗？你不照顾她、保护她，反而嫌弃她，你到底有没有人性?

就算她给你的很少，你也永远不要忘记她给了你最重要的东西——生命。

逆境中长大的孩子，会早些看清生活最真实的面目，如同那句很有温情的话 :“你受的苦，会照亮你的路。”血浓于水的亲情永远都无法改变。面对需要你付出的长辈，背负责任的人永远比逃兵更伟大。你说，我讲的这个道理对还是不对?

Tips No.17

- 真正懂事的女儿，无论何时何地，在外人面前，都要懂得维护双亲的尊严。在父母需要保护的时候，第一个站出来。
- 面对需要你付出的长辈，背负责任的人永远比逃兵更伟大。

秘方 NO.18

在友情里，你受的伤太多，是因为你对友谊的期望值过高

什么样的朋友才算真正的好朋友？

这个问题，差不多天天都有人问我。

我教给你一个最简单的评判标准，那就是，如果你和她很长时间都没有联系，你们再见面时依然有说不完的话，不陌生、不疏离，感觉像从来都没有分开过一样。哪怕什么也不说，在一起也不觉得尴尬。这样的朋友，就是你一生的好朋友了。

可是，你一定会说，我跟我的好朋友才认识没多久，我们都没有分开的机会，我该如何来判断她值不值得我深交呢？

那我就要反问你了，你非要判断这个干什么呢？

你是怕你的付出有一天很难收回，还是怕有朝一日被她背叛

和伤害？

是不是有可能半途而废的友情，都不值得我们拥有？

恕我直言，有时候，你太容易在友情中受伤，其实不是朋友的原因，而是因为你对朋友的期望值过高。她和你是好朋友，不意味着她就没有交别的朋友的权利，不意味着她不能和别人聊得热火朝天，也不意味着她事事都要顾及你的感受和想法。

有个女生，喜欢一个明星，正好这个明星来她所在的城市开演唱会，她激动死了，到处找人陪她一起去接机，好让这个明星倍儿有面子！偏偏她最好的朋友不肯去：一是因为家里确实有事；二是因为她天性安静，不喜欢那些吵吵闹闹的场面。这个女生给我写了一封信，痛斥了她这个朋友的不义气，认为自己很受伤。

但是，我真的觉得她所有的痛苦都是自找的。你想想，好朋友又不是你的跟班，凭什么你做什么她就要做什么？再说了，你为什么不去考虑一下她的感受？她真的不喜欢那个明星，也不是她的粉丝，和一大堆脸红尖叫的粉丝挤在一起，她一定会觉得别扭的。同时，她家里确实也是有事情，她就算想去也去不了。

你在埋怨她的同时，也要反问一下自己，你借用“友情”二字对她进行道德绑架，硬逼着她去做她不喜欢做的事，你心里又真正把她当成好朋友了吗？

朋友不是恋人。就算是最好的朋友，她也可以拒绝你的要求，也可以不同意你的观点，也可以对你提出批评，也可以和别人聊得热火朝天暂时忘记你的存在。哪怕你再反对，她也有权利选择自己的选择、热爱自己的热爱。反之，你也一样。不要总是说自己被友情弄得伤痕累累，其实很多的伤都是你对友情要求过高才造成的结果。

每个人都喜欢听好话。嘴上抹蜜的人比起那些不擅长表达的人，好像总是要多几个朋友。但是聪明的你，当看一个朋友对你是不是真心的时候，一定要好好想想她都对你做过些什么，而不是她对你说了些什么。其实，很多女生在人际交往方面都有弱点。在很多人一起聊天的时候，她们为了照顾彼此的面子，或者是怕被人攻击，常常都会说出很多言不由衷的话来。

有个女生叫小西，从小跟外婆长大，性格比较孤僻，又比较高傲。刚升入初中的时候，班上的许多女生都不太喜欢她，只有一个叫马丁的大大咧咧的女生，愿意跟她交朋友。有一次，小西得了重感冒，马丁一直在宿舍里陪着她，还冒着大雨给她去买药，照顾了她一晚上，直到她退烧为止。后来有一次，几个女生在一起说小西架子大，不懂得关心别人且自私，马丁迫于社交压力也跟着附和了几句。后来这件事传到小西的耳朵里，她实在接受不了，决定马上和马丁断交，就这样失去了一个好朋友。

姑娘们一定要记住了，即便是在言语上伤害过你们的友人，如果她们在你们最需要帮助的时候帮助过你们，为你们挺身而出过，都是值得你们信赖的朋友，要珍惜。

另一种情况是，如果确确实实已经被朋友伤害了，我们到底要不要原谅他们？

我们从小就接受这样的教育：宽容是一种美德。前面我们也说过了，在友情中容易受伤可能是因为你对友情要求太高。但是，你交友的时候，一定要在心里给自己设一个底线。你心里必须要很清楚，什么样的底线是不能触碰的。如果不触碰，怎么都好说；一旦触碰，你就要拿出自己鲜明的态度来，认真地考虑一下，你们之间的朋友关系到底是应该继续还是结束。

比如：骗我可以，但不能骗我很多次。老骗你的人，怎么可能对你有真心？

比如：借钱可以，但不能总借不还。朋友，会借钱不还吗？借一次就算了，还两次、三次、四次，把你当提款机，你没那么伟大。

比如：什么都可以给你，除了男朋友。好朋友，会连你的男朋友都抢走吗？再喜欢，也要等到你们分手再去和他好。

……

我也见过那种“无限量宽容”的女生，交了损友，被人家骗得很惨，却不敢跟朋友去争执，整天郁闷，有的还跑来找我哭诉。

我说："哭有什么用，跟她绝交。"

"我这样做，是不是对不起这份友情？"

我反问她："那你对得起你哭肿的眼睛吗？"

呵呵，你不是一定要费尽心思去守护一份友情的。你想想，如果大家都说她不好，你非要觉得她好，那就相当于你告诉她，就算她给你任何伤害，你都是可以接受的，也是可以宽容她的。

如果时间过去了很久，你想起朋友曾经对你的伤害，还是觉得不能原谅她，你也完全可以不必原谅她。但是你一定要放下，不要再去打听关于她的一切，因为不管她好上天还是坏到底都与你没有任何关系了。你们各走各的路，无须嫉妒，更不必悔恨。还有，你千万不要在你们共同的朋友面前数落她的不是，那只能说明你还没能真正地把她放下。心怀仇恨只能让你走不快，你又何必如此？

最后我还要说一句，不要因为有朋友伤害过你，你就再也不相信友情，因为人跟人是不一样的。

有人问我，到底应该怎样来形容和好朋友之间的感觉呢？

我想了想，应该是，在一起很欢喜，分开后很想念，只是想念也欢喜。

Tips No.18

- 当你看一个朋友对你是不是真心的时候，一定要好好想想她都对你做过些什么，而不是她对你说了些什么。

- 你交友的时候，一定要在心里给自己设一个底线。

- 不要因为有朋友伤害过你，你就再也不相信友情，因为人跟人是不一样的。

秘方 NO.19

当你学会宽容别人的不足时，你就成就了一个更完美的自己

我公司里有一个姑娘很能干，几乎交给她的所有工作她都可以出色地完成，但就是有个致命的毛病——什么事都喜欢一个人来，完全不懂得与他人合作，对同事也缺乏最基本的信任。我找她谈心的时候，她很不理解地问我："我犯的只是一些小错误，我的贡献你看到了吗？"

"当然。"我说，"我只是觉得，如果你学会与人合作，你会做得更好。"

"我不同意你的看法。"她说，"不是有句话这么说的吗，'不怕神一样的对手，就怕猪一样的队友'。"

"可是有很多事，你一个人是完不成的。"我说。

"这个道理我不是不懂，但我真的看不惯他们。事情如果交给他们，都不如我亲自做来得快。他们总是磨磨蹭蹭，回复个邮

件也要写上大半天，不靠谱到了极点。老板你能等，我可不能等。我要对你负责，不是吗？”

她的话听上去很有道理，但最后还是出事了。有一次大型活动，她负责统筹活动流程。她在活动现场一个人忙前忙后，一路小跑。活动本来很成功，可是在最后一个互动环节，她竟然忘记了请一位重量级嘉宾出场，就匆忙地推上了蛋糕宣布活动结束。结果，现场观众一头雾水，主持人和嘉宾也都非常不开心。

活动刚结束，我就听见她在台下质问一个同事：“为什么不提醒我？”

那个同事很坦然地回答她说：“之前我反复问过你，是你自己说，统筹完全由你负责，不用我们担心。我们什么都不知道，怎么提醒你？”

她没话了。

出了这件事后，我再找她谈心，她的态度就没那么强硬了，只是跟我说：“没办法，我这人从小就很挑剔，但是我不是光对别人这样，对我自己也要求严格，绝不允许自己出错。我就是传说中的那种完美主义者，想改也改不了。”

我反问她：“那你觉得一个完美主义者是完美的吗？”

她想了一会儿，诚实地回答我说：“不是。”

对了嘛，因为在这个世界上，根本就没有完美的人。如果你总是带着一种特别挑剔的眼光去生活，去看周遭的人，不仅你累，你身边的人也会累得半死的。

小雨也是这样一个女孩。她其实对人挺真诚也挺善良，在她所做的行业里，她的能力也不弱。可是，她就是容不下别人的任何毛病。了解她的人还好，但在外人的眼里，她就像一个刺豚，一点小事就会膨胀起来，特别容易生气。她喜欢哭，喜欢大惊小怪，别人做错点小事，在她眼里都像犯了天大的错误一样，总是要把人家狠狠数落一通才罢休，说完了还喜欢补上一句："我当你是朋友才说你的，不然我都懒得理你。"

小雨生活得特别不快乐，朋友不多，也一直找不到男朋友。

有一次，她专程来找我聊天，特别真诚地问我："你觉得我的问题到底出在哪里？"

我告诉她："问题不出在别的地方，就出在你对别人的要求太高上。你总是希望每个人都按照你的想法去做事，每个人说的每句话都能说到你心里去，每个人办的每件事都让你感觉称心如意。但是很显然，那是不可能的。如果你不学着求同存异，就永远不可能有人愿意真正地靠近你。因为他们会觉得，与你交往这事，不轻松。"

在微博上，我们会发现有很多人特别喜欢评价别人，或者指责别人，他们的愤怒总是比旁人的多得多。但是你若仔细分析，就会发现这样的人大都没什么突出的成就。而那些心怀慈悲和懂得原谅的人，反而会走得更远，飞得更高。

不要觉得你的能力强就有多了不起。有很多又能干又能拼的人，到最后却往往以失败收场。为什么呢？就是因为他们的情商太低。其实，一个人最可悲的并不是没有能力，没有钱，没有一份好工作，而是没有伙伴，没有战友，不懂得与别人的相处之道，不懂得宽容，不懂得体谅，不懂得控制自己的情绪。他高傲得看不起任何人，却又因为自己不够自信而敏感多疑、吹毛求疵，令身边所有人都对他敬而远之，最后只落得个独孤求败的下场。

Tips No.19

● 如果你总是带着一种特别挑剔的眼光去生活，去看周遭的人，不仅你累，你身边的人也会累个半死的。

● 那些心怀慈悲和懂得原谅的人，反而会走得更远，飞得更高。

● 不要觉得你的能力强就有多了不起。

秘方 NO.20

学会好好说话是你拥有良好人际关系的关键一步

有人问过我，你最怕什么样的女生？

我的答案是，不好好说话的女生。

你有没有这样一个朋友，平时说话还好好的，一接电话立刻扭捏作态，嗲嗲的一声“喂”，惊得所有人鸡皮疙瘩掉一地？

其实电话那头那个人，也未必是舒服的。

女生千万不要扭扭捏捏地讲话！港台腔学得再像，你从哪儿来还是哪儿的人，没人会觉得你洋气，相反会让人觉得你恶心。电影《失恋 33 天》里某个大款的女朋友不就是一个典型的代表吗？满嘴做作的港台腔真的让她变得洋气了吗？肯定没有。

现实生活中这样的女生也很多。有人嫁了个台湾人，忽然就变成了台湾腔；有人去了趟美国，回来就中文夹英文，让人听得云里雾里。说起来吧，她们还都挺有道理：“周围都是这样的朋友，不这么说话，没法跟人家交流！”

可是，也要看你在哪里好不好？

有一次，我带一个书模去一所学校跟学生们交流。这姑娘长得特别好看，平时说话也特爷们，但不知道为什么，一上台就不会讲话了，满口哼哼哈哈的港台腔，雷倒了底下一大片同学。她只要一开口，台下就嘘声一片，害得我只能草草结束她的交流部分。

后来在台下，她告诉我，其实她也知道这样不好，但是公司要求她这样，后来就慢慢变成了这样。

这是什么公司，怎么会有这样的要求？别说她才一只脚踏进娱乐圈的大门，中国那么多大明星，谁不是讲一口流利的普通话？周迅还是个公鸭嗓子呢，但一点不妨碍她的“女神”形象。汤唯在国际领奖台上讲一口流利地道的英语，真是要多惊艳有多惊艳！

如果她们都像她那样讲话，估计就不是影星，直接变“谐星”了。

还有个小姑娘也是如此，人特别能干，还特别能吃苦。但就是她不管到哪里工作，大家都不愿意跟她很亲近。没别的，就是她说话声音太嗲了，和她五大三粗的外表形成了鲜明的反差，本来挺真诚的一个人，总是让人感觉很假。内部交流还稍好点，代表公司谈业务的时候她也这样。不管跟谁打电话，她拿起电话来都先亲热无比地叫对方一声“亲爱的”，好几次差点没把对方的业务员给活活吓跑。

我问她是不是从小讲话就这样，她很委屈地说她有一个特别喜欢的姐姐就是这样讲话的。这个姐姐很讨人喜欢，做什么都很成功，所以她不知不觉地就向她学习了，而且一学就变成了习惯，再也改不掉。

可是我看了看她手机里她姐姐的照片，那姑娘千娇百媚的，跟她还真不是一个类型。

说到底，模仿别人说话，最主要的原因还是自己不自信。有的人潜意识里认为自己说话像某个人，生活中就会变成他或者靠近他，其实往往适得其反，还会让自己的公众形象大打折扣。不管怎么样，模仿就是模仿。也许你感觉你模仿得很像，但其实还是很容易就会穿帮。相反，你用真实的声音流利而自然地表达你的意思，不仅能创造愉快的谈话氛围，也能令与你交流的人觉得你超有范儿。

听了我的劝告以后，这姑娘每天回家对着镜子练习，努力改掉了说话太嗲的毛病，交到了不少知心朋友，工作和生活也因此变得顺利了很多。

做一个优雅的女人，腔调固然重要，但腔调一定不是装出来或者学出来的。它来自你的内心，和你的修养与素质紧紧捆绑，成为你独特的标签。当你用自己最真实、最自然的状态去与人交流，表达你想要表达的一切时，你也会显得更加可爱和真实。千万不要让你做作的声音抢先一步塑造一个不真诚的你，更不要试图去模仿任何人讲话，哪怕那个人是你最喜欢、最欣赏的人。

因为不是每一款好看的衣服，都适合每一个好看的姑娘。

姑娘，若想诸事顺利，首先好好说话，算我求你。

Tips No.20

- 你用真实的声音流利而自然地表达你的意思，不仅能创造愉悦的谈话氛围，也能令与你交流的人觉得你超有范儿。

- 做一个优雅的女人，腔调固然重要，但腔调一定不是装出来或者学出来的。

秘方 NO.21

不要怕反对别人，
也不必介意别人反对你

公司开选题会的时候，我总是会鼓励新编辑们多发言。他们多半会很担心地对我说 :“我都没经验，说出来的东西会不会让人笑话？”

我说 :“说不出来任何观点才会让人笑话。就算是资深编辑的想法，如果你有相反的意见，我也希望你能提出来，这才是我真正想要的。”

编辑是一个需要创造力的职业。创造力来源于哪里？来源于你独特的思想、独到的见解和独立的意识。

熟悉我的人都知道，我写作特别依赖编辑。我喜欢每写一部分就发给编辑看看，让他们提意见、讲想法。我最怕遇到的编辑是，无论我怎么写都告诉我好啊好啊、好看死了、快点写、我等

不及要看后面的了。

遇到这种情况，我真想给他两大耳光打醒他：你是编辑大人呢，不是读者好不好！而我最喜欢的编辑就是那种敢提意见的，私下里给我砸桌子、摔板凳大声叫着“饶雪漫，你敢不改，我就敢不出”的那种。写《左耳》终结的时候就是这样，本来我是把张漾写死了的，可是编辑不干。为了说服我，她甚至给我写了几十个不要漾哥去死的理由。最后在她的重压下，你们喜欢的漾哥才得以绝处逢生，《左耳》也才有了一个漂亮的“尾声”。

在这些不敢轻易表达自己真实想法的女生中，“墙头草”女生算是最无可救药的那种。

以前我认识一个女孩，因为母亲死得早，她跟着父亲长大，家里条件不好，所以极度缺乏安全感。她看上去很娇弱，性格也非常温和，从不与人起冲突，每个初见她的人都很喜欢她。但她就是怕得罪人，在公共场合极少表达自己真实的观点。比如A君说这件衣服真好看，她会说，是啊，好看。而同一件衣服，B君说真难看，她也会说，是啊，真难看。偶尔说出一点相反的意见，她也肯定是戴着一顶道德礼义的高帽。比如：不要这样啦，这样对你不好；不要这样啦，这样不道德；等等。她生怕别人会觉得她没那么善良美好。

久而久之，她对很多事情渐渐失去了判断能力。就像交男朋友这种事，她也习惯于听周围人的意见。别人说这男的好，她就试着交往交往；别人说不好，她又赶紧跟他分手。慢慢地，熟悉她的人就渐渐失去了对她的信任，什么事情都不愿意再跟她交流。原因很简单，因为知道从她的嘴里听不到一句真话，问了都是白问。

尽管她的学历非常高，但是她在所供职的公司一直都没有得到升职的机会。就是这个姑娘，在这家公司循规蹈矩地干了四年，辞职的时候，却吓了所有人一大跳。据说她跑进主管的办公室，砸了他的电脑键盘，又把同事桌上的东西全都扔到了地上，还在网络上写了无数的帖子把这家公司的很多同事都大骂了一顿。

公司里所有的人都莫名其妙，大家纷纷议论说："她在这家公司，到底是受了多大的委屈啊？"

其实，这些委屈真不是别人让她受的，都是她自己"赐给"自己的。为了得到别人的认同，长时间压抑内心那个真实的自己，最终爆发，就会是这种结果。

所以说，虚伪是最可怕的利器，会杀掉周围所有人对你的信任，甚至会杀掉你自己，而你自己可能都意识不到。

每个人内心都有一片自己的海，每片海都有不一样的潮声，认真聆听那声音，告诉自己你真正想的、真正要的是什么。对于这个世界，你可以说不好，可以说不对，可以朝着天空大声呼喊——我的想法跟你们的都不一样！

反之，你也不必太介意别人反对你的意见或者对你提出的批评。

有一次，营销部一个刚入职的小姑娘提出了她对一本书的营销方案，整个方案做得非常华丽，令人心动。但是大家都觉得太华而不实，实施起来比较困难，建议放弃。

这个姑娘私底下找到我，跟我说的第一句话是这样的："老板，我知道你在会上不好说，其实你也挺赞同我的，对不对？"

"你为什么会这么想？"我问她。

"因为我对自己的案子充满了自信，我觉得他们反对我，是因为我是新人，被我打压下去很没面子，所以他们才会说不好。但是没关系，只要老板你支持我就好。"

"我支持你敢想、敢思考，这对一个新人来讲是最重要的。但是我也要坦诚地告诉你，你的很多想法真的是没法实现的。举个简单的例子，你要让两个书模站在大雨里被浇个透，北京如果不下雨，怎么办？"

"可以租洒水车。"她说，"这个我早就想到了。"

"同学，你是在做图书的宣传，不是在拍电视剧。按你这个案子上的想法，你看看，热气球，摩天大厦的楼顶，就差直升机了。我们这本书首印是两万本，你要不要帮我算算我要赔多少钱？"

她低下头，不说话了。

"工作中，大家一般都是对事不对人的。不要人家一反对你，你立刻想到是别人对你这个人有看法，要打压你。这样下去，很不利于你的进步。不要说大家讲得对了，就算是讲得不对，他们发表自己的看法也没什么错，也是希望把事情做得更好、更漂亮一些。”

幸运的是，这是个非常聪明的女生，她领悟了我所说的话，很快就学会了不带情绪去听取和接纳大家的意见，并在大家意见的基础上一次又一次不厌其烦地修改自己的方案。现在的她，早已能独当一面，也成为各位编辑都非常愿意合作的对象。新书一出来，大家都很愿意去跟她商量和讨论宣传的方式，她自己工作起来也越来越自信，越来越开心。

其实，在这个世界上，好人还是占大多数的。不管是在学校还是在职场，除非你真的得罪了人，不然，刻意与你作对的人不会太多。

你的耳朵要听得进去批评，你要相信不是所有的批评都是恶意的。面对问题，你提出切实的建议，有利于别人改进；别人向你提出不同的看法，多半是希望你能变得更好。不然，明哲保身可能对他自己更有利。

所以，不要一听到反对的声音就马上大脑发热，下意识地与之对抗，这样愿意帮你的人会越来越少；更不要厌烦那个经常数落你的人，他应该就是那个最希望你进步的自己人哦。

Tips No.21

- 不是所有的批评都是恶意的。

- 面对问题，你提出切实的建议，有利于别人改进。

- 别人向你提出不同的看法，多半是希望你能变得更好。

秘方 NO.22

对不喜欢的人，你可以忍也可以狠

有个姑娘问我："雪漫姐，我年纪轻轻就出来闯江湖，前路总有恶魔挡道，身边总是小人出没。所谓三十六计，走为上策。惹不起躲得起。可是，如果躲也躲不起的时候，我到底该如何出招，才算是上上之策？"

我答："先在你认为的小人或者恶魔身上找亮点。"

女孩大叫："不会吧！我多看她一眼就浑身难受，我还能在她身上找到亮点？找痛点和气点还差不多！"

不要急，先来听我讲个故事。

我有一个朋友，是一个很出色的公关。有一次，为了谈一个面向乡村儿童的赞助项目，我和她一起去某家公司找其董事长谈判。那家伙挺有钱的，可就是傲气，说话特别特别难听，整场谈判中都是一副"一览众山小"的样子。

我真心服了我那朋友，不管人家如何出言不逊，她总是跟人家柔声细语，耐心解释。在我觉得办成这件事完全不可能的时候硬是峰回路转，合同活生生签了下来不说，还比原计划多出来整整五万块钱，简直令我瞠目结舌。

在回去的车上，我问她为何能如此忍辱负重，她回答我说："我只考虑我的目的，我今天来是干什么的。如果谈不拢，那些孩子的课桌和冬衣就泡汤了，不是吗？另外，我找了这么多家公司的负责人，他是唯一愿意跟我们面谈的，并且守时守约，没让我们在办公室外面等上几个小时。这说明，他真的是有诚意。同时，我也调查了他的资料，知道他以前常常从事公益事业，说明他这个人，虽然嘴巴不讨喜，脾气也很烂，人并不见得有多坏。我就当为了那些孩子受点小气，这有啥？"

我这朋友不过是而立之年，现在已经是某家大公司的总裁。我想，无论是在工作中还是在生活中，她要接触的人，肯定不都是她喜欢的。但是，时时刻刻明白自己真正想要的是什么，并且学会在不喜欢的人身上找到亮点，这应该是她成功最大的要素之一吧。

说穿了，人与人之间很多的纷争都是小事，但是如果遇到那种特别难对付且一直要打交道的人，不要总是一味示弱。你可以对他做出反击，但一定要记住，这种反击千万不能软绵绵的，而且不要绕过别人或者是通过别人传达你的意思，最好是你亲自出马，勇敢地和他面对面。因为只有面对面的反击才有力度，对方才能记住，也才能得到教训。

有个女生就给我讲过这样一个有趣的故事。她说她们部门的主管特别讨厌，当着老板一套，背着老板一套，动不动就训她，利用职权让她帮她做私事，还老是让大家加班，最后把所有人的功劳都算到她自己头上。这就算了，更过分的是，她还常常挑拨两个同事之间的关系，弄得工作氛围特别不好；但因为公司的待遇特别好，大家都不想辞职，所以只能一直忍着她。但是大家每天上班的心情真是比上坟还沉重。

有一天这个主管做错了事，又把责任推到了下属身上。这个姑娘忍无可忍，挑了个老板在的时间，直接拿着文件夹过去，狠狠地拍在她的座位上，冲着她一顿大喊："某某某，你给我听好了，我是你的下属，但我不是你的用人。从今天起，我不会再给你泡完茶又去替你泡咖啡再泡一碗香菇炖鸡面，你家电费不归我交，你家马桶不归我刷，你老公的车子不归我洗，你自己做错的事还请你自己担！你以后要再敢这样，我就把这个文件夹直接拍到你的大胖脸上！"

众人拍手称快。自那以后，那位主管收敛了很多，最后被调到了别的部门。这个姑娘得到了彻底解放，职场之路也从此走得顺风顺水。

不过话又说回来了，遇到讨厌的人时，愤怒或激动一定不是解决问题的最佳方法。你最好能冷静地分析一下，仅仅是你很讨厌他，还是所有人都讨厌他？

如果是前者，你就要想想你对他的讨厌到底从何而来，你和他的关系是不是完全不能修复？说不定努力去调整一下，你们之间的关系就缓和了。一个人，当你跟他讲什么、说什么他还愿意听或者喜欢听，那是因为他把你当朋友。如果是后者，你就不要白费功夫，千万不要以为推心置腹地和他“谈心”可以解决问题。

不要试图去说服对你不敬或者讨厌你的人，你的言语改变不了任何人和事。很多时候，“沉默是金”不仅是种美德，更是种智慧。

Tips No.22

- 时时刻刻明白自己真正想要的是什么，并且学会在不喜欢的人身上找到亮点。
- 遇到讨厌的人时，愤怒或激动一定不是解决问题的最佳方法。
- 不要试图去说服对你不敬或者讨厌你的人，你的言语改变不了任何人和事。

秘方 NO.23

你可以不说谢谢，
但一定要懂得感恩

我曾经见过一个养女，她对自己的养父母充满了仇恨。她振振有词地对我说 ：“因为我不是他们亲生的，所以他们不可能真正地爱我。”

我问她 ：“那么是谁一碗粥一口饭养你这么大？”

她想了一下说 ：“是他们，但是他们这么做还不是希望我能为他们养老？”

“好吧，如果真的是这样，当他们感觉到他们养的是一个白眼狼，将来不可能对他们好的时候，你觉得他们还应该对你好吗？”

她不说话了。

我说 ：“说说你觉得你养父母不爱你的理由。”

“他们动不动就骂我，不信任我 ；他们偷看我的日记 ；我跟男生一接触，他们就说我思想有问题；他们从来就没有夸过我……”

“那你觉得亲生父母和自己的女儿之间就不会发生这些冲突了吗？”

她愣了一下说：“这个，我不知道。”

“让我来告诉你。”我说，“如果不爱你，才不会去偷看你的日记，不爱的最好方式就是直接把你赶出家门；如果不爱你，才不会说你思想有问题，任你自生自灭好了。你的问题就在于，你太自私了。你觉得别人为你做什么都是应该的，一件小事做不到，你就归结到‘不爱’上面。这对你的养父母，实在太不公平了。”

小姑娘瞪着我，半天说不出一句话来。

很多人问我：“你觉得什么样的女生是最可怕的？”我答：“不懂感恩的。”

这种女生最明显的特点就是眼中只有自己。你对她的关心，她认为是天经地义；你对她的帮助，她坦然接受，认为是理所应当。在她的心里，别人为她做的所有事情都是应该的。如果你稍微有一点没有做到，或是她的要求有丝毫没有得到满足，就是天下的人都对不起她、不爱她。我的一个朋友说过，这样的人，可以用，但是不可以信。因为她失去了一颗“感恩的心”，那就意味着她对这个世界充满了仇恨。也许平时看上去，她风平浪静、温和体贴；但一旦她爆发，谁离她近，谁就倒霉。

我是真的吃过亏。后来再遇到这样的人，就算他再能干，我不仅不信，也绝对不用。

相反，懂得感恩的人，总是会令人觉得倍加温暖。我有个朋友，是个很有名的图书策划人。她做过很多畅销书，也待过很多家公司。有一次，她做了一个特别好的选题，被我看中了，我很想跟她合作。我们来回讨论过几次，就在准备签约的时候，她却非常不好意思地告诉我，这个选题，她必须要给另外一家公司做。

“如果你觉得是条件不妥，我们可以再谈。”我说，“至少，你必须告诉我真实的原因。”

她告诉我，她以前是做杂志的，刚来北京时，没有任何图书策划的经验。当时，是一个老板看中她的才华，给了她平台和机会，让她得以施展自己的才华。虽然后来她和那个老板之间发生了很多误会，老板承诺她的很多事情也都没有兑现，令她最终离开了那家公司，但是她永远都记得当初那个老板给过她的提携和帮助。

“我总是对自己说，不要老记着那些不开心的事，要记得别人对你的好。如果当初他没有给我这些机会，我还能是今天的我吗？肯定不能。所以，每当他有困难再找到我的时候，我都会不遗余力地去帮助他。现在这个选题，对他们公司来说真的很重要，所以我考虑再三还是决定给他们做。为了表示对你的歉意，我一定会做出更好的选题给你。请你相信我，好吗？”

听她说完这些，我完全放弃了对她的劝说，并且表示我很支持她这么去做。

而我认识的另一个女生和她比起来就差得太多了。她没有一点工作经验，毕业后去一家公司做了实习生。在这家公司，她从一个实习生一步步做起，慢慢积累了不少经验。三年后，她拥有了傲人的业绩，被新公司挖角，在老板和公司最需要她的时候毅然决然地离开了，并且还在新公司到处宣扬她在过去的公司实习时曾经三个月没有一分钱工资以及连续加班六个星期的“悲惨”遭遇。在她的微博上，我也常常看到一些她对过去公司的抱怨之辞，仿佛受了一辈子的委屈，扬眉吐气只等今朝。

令她没想到的是，当她在新公司带着一群新同事拼死拼活完成了一个最重要的项目之后，新公司的领导并没有按照原先的承诺给她升职，答应给她的出国培训机会也一拖再拖，总是对她说：“再等等。”

就这样等了半年，她觉得自己被利用了，有些沉不住气，直接冲到总经理的办公室要讨个说法。总经理这样对她说道：“我们当时录用你，是真的看中了你的能力。事实证明，你的能力也确实不错。升职报告我都打上去了，但总部那里有人听说你稳定性不够强，怕把你培养出来了，你又一走了之。所以，你需要再坚持一阵子。”

其实，她不知道这一切都是她的微博惹的祸。她在微博上抱怨的无非就是一些小事，不仅不会有人替她打抱不平，反而会让人觉得她很难相处，斤斤计较。更令领导不放心的是，如果公司给她提供了一系列的培训机会以后，她还可能拍拍屁股说走就走。

她一气之下，又递了辞职书。这一次，她又没管住自己的嘴，到处去讲这家公司有多么不靠谱，结果弄得自己在业内口碑很不好，一直都没有再找到理想的工作，最终影响了自己的前途。一个人如果失去了一颗“感恩之心”，对这个世界充满了仇恨，孤独感和失落感会越来越深，注定得不到快乐的人生。

在你的人生中，你一定会遇到这样一些人，他们和你非亲非故，却曾经向你伸出过援助的手，帮你上过一个台阶，教会过你一个技能，解决过你的一个问题。你要记得他们的好，不要别人一句话没说对，一件事做得令你不满意，一个小要求没满足你，就全盘否定他们。

不论你将来是成功还是失败，你都要反复提醒自己，那些在你困难的时候资助过你，在你痛苦的时候陪伴过你，在你快摔跤的时候扶过你一把的人，你不能够忘记他们。

你可以不说谢谢，但一定要懂得感恩。只有怀揣着一颗“感恩的心”，你才会有意识地将自己的爱与激情回报给这个社会；你在人生的道路上，才不会一直都是“负债”前行，举步维艰；你才能够坦然上路，收获更多的温情和美好。

Tips No.23

● 一个人如果失去了一颗“感恩之心”，对这个世界充满了仇恨，孤独感和失落感会越来越深，注定得不到快乐的人生。

● 你可以不说谢谢，但一定要懂得感恩。

秘方 NO.24

给别人留的余地，
也是给自己留的退路

雯雯是个很漂亮的姑娘，但是脸上有道疤痕。为了去掉这道疤，这已经是她第三次来北京做整容手术了。

那天晚上，雯雯给我讲了这道疤的来历。

她说自己从小就是一个疾恶如仇的女生，看到任何不顺眼的事情，都喜欢去管一管。她们班有个女生，长得很难看，还特别讨人嫌，喜欢打小报告，喜欢挑拨离间，喜欢拖全班的后腿，喜欢抢别人的男朋友。总之，班里没有一个人喜欢她。于是大家商量着，一定要找个机会好好整整这个女生。

某年夏天，他们把那个女生约出来郊游，本来只是准备最后把她一个人丢下，吓吓她，让她吃点教训，以后好懂得收敛。谁知道中途那个女生一直在惹事，要么让人给她拎东西，要么把泥巴糊到别的女生身上，要么直接把别人的外套扔到河里。大家有

点忍不了了，于是有人提议，不如把那个女生的衣服给扒了，让她好好出出丑。

“当时大家一拥而上，她就服软了。别看她平时张扬，但人还挺保守的。她一直哭，求我们饶了她。其他同学都已经心软退开了，就是我死死按住她不肯放。她急了，弄伤了我的脸。”

“后悔吗？”我问她。

“真后悔。”雯雯说，“其实想想，我跟那个女生也没啥深仇大恨，我不把她逼急了，她也不会弄伤我。”

和雯雯一样，丁当也是一个特别真实、大大咧咧的姑娘。

大学的时候她们宿舍有一个女生，长得很漂亮，平时也特爱打扮，身边总有那么几个追求者。她经常晚归要大家给她开门，谁要敢说她，她就把人家损得够呛。

那个女生挺嘚瑟的，从不参加同学之间的聚会，说什么总是吃火锅，没红酒、没星光、没品位。别人不管找什么样的男朋友，都被她骂土包子。她很喜欢名牌，号称自己是“大牌控”，对不是品牌的东西看都不会多看一眼。她又吹嘘自己大学毕业后马上就能拿某国的绿卡，男朋友在牛津大学读博士什么的。尽管大家都知道她在吹牛，但是也没有人去揭穿她。有一次，她们宿舍失窃，大家的贵重物品都不翼而飞。很多人都怀疑到这个女生的头上，觉得她炫富拜金，这件事一定是她干的。

女生当然不承认自己拿了大家的东西。丁当就代表大家搜查，把这个女生的箱子、旅行包和钱包统统搜了个遍，确实没找到任何大家丢失的物品，弄得丁当很没有面子。

这件事本来应该到此为止了，可是丁当不肯罢休。为了彻底揭穿她的“真面目”，丁当开始暗中调查和跟踪她，竟惊讶地发现她家里非常贫困，母亲长年卧病在床，父亲替人看仓库，收入少得可怜。而她平时花的所有的钱，竟然都是她在酒吧当服务生赚来的！

丁当把自己拍的那个女生的照片全放到了网上，起名为："尊贵的校花，原来竟是酒吧服务生。"这些照片被疯传，给那个女生造成了无法挽回的严重伤害。

“我很后悔。”丁当说，“我知道是我错了，偷东西的不是她，她喜欢吹牛也不是错。那只是她的爱好，也不妨碍我什么。多少次我想去帮助她，可是都被她拒绝，我只能偷偷给她妈妈塞钱。但是我知道，我就是给她再多的钱，也改变不了她的命运。当然，也改变不了我自己的。”

在我们身边，的确不乏很多令人讨厌的人。但是，即便你是打着行侠仗义的招牌，也一定要学着为他人留点余地。就像行车走马一样，你一下子走到山穷水尽的地方，掉头就不容易了。俗话说“过头饭不吃，过头话不说”，就是这个道理。万事做绝了，有可能像雯雯一样，伤害别人的同时也伤害了自己。也有可能像丁当一样，当目睹别人受到过度的惩罚之后，自己也被深深的内疚所折磨，日子并不见得好过。

不要总是觉得你“便宜”了别人，因为在你“便宜”别人的同时，说不定也是在拯救你自己。

Tips No.24

● 即便你是打着行侠仗义的招牌，也一定要学着为他人留点余地。就像行车走马一样，你一下子走到山穷水尽的地方，掉头就不容易了。

● 在你“便宜”别人的同时，说不定也是在拯救你自己。

秘方 NO.25

不要轻易许诺，但许下的诺言再难也要去实现

很多女生都问过我这样一个问题："雪漫姐，交友有什么诀窍吗？"要说诀窍，真心最重要吧，不是为了交友而交友，而是你愿意真心对他好。其次，你一定要努力做个靠谱的好姑娘。

什么叫靠谱？说简单点，就是答应别人的事，不是逞一时口舌之快，而是真的能办到。如果实在办不到，也要及时道歉，或者找到一个补救的方法。

不用说，正在读这本书的很多姑娘肯定都吃过"不靠谱"的亏。班里组织野炊，满口答应带铁锅的那个，最后空着双手就来了。原因有很多，比如昨晚烧菜锅坏了，比如妈妈不同意把锅带出去，比如坐公交车不好携带，等等，但结果就是导致整个野炊泡汤。

一个项目分给好几个人来做，大家各司其职。到最后，总有

一个人交不出该他负责的那部分，理由照样有一大堆，但结果就是导致整个项目被拖延甚至泡汤。

答应和你约会，到了约会时间，人不见不说，连电话也关机了。你站在大太阳下等足了两个小时，第二天再见到她，她只轻轻甩给你两个字："病了。"

这样的朋友，你会交吗？肯定不会。反之，如果你也是这样一个说话从不算话的人，你觉得，你还能交到真心朋友吗？

如同银行的信用卡有额度一样，你和朋友之间，也有这样一张有额度的"信用卡"。这个朋友是否值得信任，是否值得深交，额度都在彼此心里。如果你很珍惜友情，就一定要注意，不要因为自己的"不靠谱"，轻易将这张友情卡给刷爆。

我见过很多很热情的姑娘，不管什么事情都喜欢大包大揽，为了"义气"二字不顾一切，她们嘴里常常会冒出下面这样的话：

"放心吧，这件事全包在我身上！"

"不用怀疑，你的事就是我的事！"

"没问题，不就这点小事吗，交给我轻松搞定啦！"

这些话，乍一听，一定令你热血沸腾。身边有这样一个好友，简直是三生有幸啊！但你要记住，把话说得太满的人，最后一定是伤你最深的那个。而你自己也一定要注意，就算你是一片好心，在对朋友许下诺言之前，也要好好想一想，自己是不是真的有这样的能力。如果没有，承诺时给自己留三分余地，并不是不够朋友，反而是对朋友负责的一种表现。

有一个小姑娘叫诗诗，她有个好朋友，特别特别喜欢苏打绿。诗诗恰好有个远房亲戚在台湾，于是她就对好朋友许诺说，一定替她搞到苏打绿的签名 CD。朋友高兴极了，成天盼着这张 CD。诗诗也确实努了力，总是拜托大伯去给那个远房亲戚写信或打电话。可是大伯工作很忙，根本没有空去管她这件事情。看着朋友失望的眼神，诗诗觉得特别对不住朋友。

正好暑假到了，诗诗有机会去台湾玩。她觉得，实现她承诺的机会到了。走以前，她拍着胸脯说这一次不带回苏打绿的签名 CD 她就待在台湾不回上海了。为了确保万无一失，她还上网查好了唱片公司的地址，心想不要到签名决不罢休。然而，令她想不到的是，旅行团的时间安排得特别紧，整个团待在台北的时间也就两天，她根本就没有机会单独溜出去。

走投无路的诗诗只好花重金到网上去买苏打绿的签名 CD。好朋友抱着 CD，高兴地掉下了眼泪。为了令朋友开心，诗诗还虚构了很多在台湾唱片公司门口苦心等待的细节。可是令她万万没想到的是，有一天好朋友去她家里，用她的电脑上网买东西，无意中发现了她的购买记录。好朋友无法忍受诗诗对自己的欺骗，摔门而去。

其实不能讲诗诗有什么错，她真的是一片好心，而且为了这份承诺，她也努力去做了。但问题的关键就在于，承诺之前，她没有想过自己有可能办不到这件事，结果反而让自己陷入了一个进退两难、不得不撒谎的局面。

其实，对别人做出承诺很容易，上嘴皮碰下嘴皮而已。但是，承诺不是逞一时口舌之快，说出来了，就要尽量做到。否则，你在别人那里的信誉就会大打折扣。当你耗费完了别人对你的信用额度，就很难再去获得别人对你的信任了。没有信用的人，不仅不容易交到好朋友，也很难获得更多的机遇，因为不会有人随随便便把一件重要的事，交到一个“嘴上没毛，办事不牢”的人手里。

承诺不要轻易说出口，那些动不动就跟男生讲“我会爱你一辈子”的姑娘，要先弄明白，自己的一辈子到底有多长。

Tips No.25

- 承诺不是逞一时口舌之快，说出来了，就要尽量做到。
- 没有信用的人，不仅不容易交到好朋友，也很难获得更多的机遇。

秘方 NO.26

尊重别人的隐私，如同尊重你自己的

女生苏苏上高中后遇到一个同桌，叫小果。小果是转学生，家里条件不好，有些自卑，话也不多。义气的苏苏常常帮助她，有好吃的不忘分她一半，还常常替她补课。不管谁欺负小果，苏苏都不答应。慢慢地，两个人成了特别要好的朋友。

小果的妈妈是智障人士，这是她最大的隐私。因为苏苏对小果特别好，感动了她，某天她就把这个秘密告诉了苏苏。

苏苏知道后，对小果更加照顾了。在苏苏的鼓励和帮助之下，小果的成绩也在一天一天地进步，两个人的友情也越来越深。

不过期末考试的时候，小果因为紧张又失利了，拖了全班同学的后腿，还被要求请家长。苏苏就跑去跟老师求情，并对老师说：“您就不要对她要求太高了，您知道吗，她家里条件不是很好，她妈妈还是个智障人士……”苏苏本来是一片好心，但是她没想到，办公室里当时还有别的同学，小果的妈妈是智障人士的事情就这样迅速地传开了。

小果很伤心，无论苏苏怎么解释，她都不肯听。因为怕同学们笑话她，她很快又转学了。两个女孩之间好好的一份友情就这样说没就没了。

苏苏当时很委屈，觉得小果的反应太强烈。后来她才知道，小果在以前的学校，就是因为妈妈的事情老被同学们嘲笑，所以才转学的。到了新学校，因为信任苏苏，她才敢敞开心扉，可没想到，最好的朋友也不懂得尊重她的隐私，真的令她很失望。

还有个叫莉莉的女生，她对别人的事情有一种天生的超强好奇心，总是喜欢去翻看朋友的电脑或者偷看别人的聊天记录，也就是患上了“偷窥症”。有一次，莉莉和一个同事一起出差，同事躺在床上写日记，写累了把本子放在枕头边上就去洗澡了。莉莉控制不住自己，就偷偷拿起来翻看，没想到里面竟然写满了这个女同事对上司的一片仰慕之情。当然这是一份单恋，因为上司拥有一个幸福美满的家，儿子都快大学毕业了。

令莉莉没想到的是，她还没来得及把本子放回原处，同事就已经洗完澡出来了。看到她把自己的日记本拿在手里，同事惊呆了，厉声问道：“你难道不知道别人的东西不能动吗？”

莉莉支支吾吾地说：“我就是觉得这个本子挺好看，想看一眼而已。”

同事一把夺回了她的本子，在之后的几天里，一句话都没有跟她说过。

出差归来，这个同事很快就辞职回了老家。

两年后，莉莉无意中看到了这个同事的QQ空间里的一段话：若要问我最恨的人是谁，我想应该是那个偷看我日记的女孩吧。如果不是她，我应该还待在我喜欢的那个城市，守望着我那可望而不可即的爱情，拥有美好的人生，而不是在这个闷得要死的小城，任自己慢慢腐烂。

莉莉觉得很心痛。她对我说："从那以后，我真的改掉了我以为自己永远都改不掉的偷窥症，我真的很想很想去跟她当面说声'对不起'，不管她愿不愿意听，我真的是真心的。"

我一直都忘不掉的是，很早以前，当我对一个女生说"你可以有自己的秘密"时，她脸上那种惊讶的表情。

"恋人之间也可以有吗？"她问我。

"当然。"我说。

每个人，都可以有那么一部分属于自己的秘密，不用为外人所知。那是你的权利，也是你的自由。一个总让别人一览无余的你，少了点神秘，也失去了一些能吸引别人的东西。反之，当你走进别人的秘密领地，也一定会遭遇反抗，不管你对那个人而言有多重要。

不要随便去翻别人的包，哪怕那个人是你最亲密的友人。

不要随便去看别人的聊天记录，哪怕那个人是你最亲的亲人。

不要随便去翻看别人的手机，哪怕那个人是你最爱的爱人。

请尊重别人的隐私，如同尊重你自己的。

Tips No.26

● 每个人，都可以有那么一部分属于自己的秘密，不用为外人所知。那是你的权利，也是你的自由。

● 一个总让别人一览无余的你，少了点神秘，也失去了一些能吸引别人的东西。

秘方 NO.27

流言算什么，弄不死你，你就赢了

什么样的人流言最多，当然是公众人物啦。有位我很喜欢的女演员，从出道起就负面新闻缠身。但是任世人各种麻辣点评，任意猜测，她从来都没有解释过半句，反倒大声地告诉所有人：“我经得起多大诋毁，就担得住多少赞美。”

俗话说，人在江湖飘，哪能不挨刀。关键在于，有人挨得起，有人一碰就伤，一伤就痛，一痛就再也爬不起来。

有一次，有个女生特别伤心地跟我说，班上的人都传言她喜欢一个男生，弄得她都不敢看他了。偏偏那男生特别喜欢找她说话，公共场合也从来不避讳，还爱跑到她微博上留言。她越是告诉他不要这样，他还越是来劲。最后流言越传越凶，还传到了她爸妈耳朵里。她爸爸生怕她乱来，就把她看得死死的，每天上学放学都开车来接送她，搞得她一点自由都没有，好好的生活被搅得乱七八糟，她都无心上学了。

我问："那你是不是也有一点点喜欢他呢？"

她抹抹泪发誓："绝不可能！"

"那你介意什么呢？他喜欢你，说明你招人喜爱，这本来就是一件好事啊，为什么要哭成这个样子？"

"我就是不喜欢流言嘛，大家都觉得我也喜欢他，这种感觉好讨厌的。"

"可是，我也觉得你有点喜欢他哦。"

"为什么？"她大叫。

"因为你说起他，脸就红了。"我说，"你不停地去迎合这种流言，其实就是潜意识里对他有种喜爱，只是你还不能确定，所以，你希望这个流言被传播得越广越好，好通过大家的议论帮你在心里理清楚头绪。你必须要想清楚的是，你到底是讨厌他，还是讨厌那种被人关注、被人议论的感觉？其实，这种事，你越躲避、越扭捏，大家越来劲。你不如坦然面对。"

"怎么坦然？"她说，"我都快被我爸逼疯了！"

"直接告诉你爸你不喜欢他不就得了？"

"他不信！"

"为什么不信？"

"他总是反问我说：'你不喜欢他为什么还要跟他在微博互动？为什么要给他回短信？'天知道我都是在拼命回绝他啊，我只是不想让他烦我！”

“你爸说得没错，这就是原因。”我说，“你试试你能不能做到不管他说什么、做什么，你都不回应。如果你真能做到，那就说明你对他真的没有兴趣，他逗你的兴趣也会减弱，大家对此事的兴趣也同样会减弱很多哦。”

“是这样吗？”她说，“我还以为不解释就代表心里有鬼呢！”

没过多久，她发短信告诉我：“雪漫姐，你说得对。最近不管他说什么、做什么，我都不理会。我一沉默，好像周围所有的声音都沉默了。”

可能你会觉得，这个女生遇到的算什么事啊，自己遇到的那些流言，才是足以摧毁整个人生的晴天霹雳！但是你得明白，不管什么样的流言，终归是流言，一旦被戳破，都会在瞬间烟消云散，有什么好怕的？

不过，如果你总是被流言击中，你就要好好找一找原因了，想一想为什么总是“躺着也中枪”。其实，这里有个定律，最容易被八卦的人，一定是那种常常八卦别人的人，或者说是对别人的八卦特别在意的人。

祸从口出，说什么话、什么时候说都要过过大脑。说过的就承认，该道歉就道歉。推托说自己从来没讲过，或者干脆推到别人身上，反而会引起更大的误会。更需要注意的是，千万不要在公共场合扎堆去说谁哪里不好。遇到有人说是是非非，你最好躲开。参与任何一句，你就有可能迷迷糊糊变成了某个流言的主创。你要记住，你说别人哪里不好了，不代表着你那里就能好一些，就能把别人给比下去。

真正聪明的女生会把眼光放到别人的优点上面，这样与人相处的时候才能更好地去吸收其正能量，而不是总当那个“负能量免费吸收志愿者”。

女生不能太八卦，特别是要守住朋友告诉你的秘密。纵使你传播的时候怀着一颗多么悲天悯人的心，流言蜚语也总会伤及无辜，更让朋友丧失了对你的信任。在应该保持沉默的时候沉默，不仅是对别人的尊重，更多的是对自己的保护。

Tips No.27

- 千万不要在公共场合扎堆去说谁哪里不好。遇到有人说是是非非，你最好躲开。
- 在应该保持沉默的时候沉默，不仅是对别人的尊重，更多的是对自己的保护。

秘方 NO.28

偶像就是偶像，
绝对不是你的朋友

有位妈妈哭着对我说，她女儿最近喜欢上了一个女明星，为了参加她的某场粉丝见面会，竟然将妈妈给她买的新手机卖给了同学。

那位妈妈抹着眼泪说：“我看她就是疯了，下次不知道会不会卖自己的肾！”

“我又不是脑壳坏了！”“九〇后”的女儿在旁边回嘴道，“手机卖了，以后挣了钱还可以买回来；肾要是卖了，我搞不好就没好身体挣钱了！”

听上去，她好像也没那么迷糊。

不过，为了让她更清醒一点，我跟她讲了一个我追星的故事：

曾经，我也是一个粉丝。从十七岁起，我就开始喜欢齐秦。

我买了他所有的专辑，对他的每一首歌都耳熟能详。那时候我总觉得，我就是他的头号粉丝，世界上再也不会有别的人比我更喜欢他了。记得大一那一年，我逃了英语考试坐火车去成都看他的演唱会，发现整个车厢里都是他的歌迷。凌晨五点的成都下着小雨，我花光了身上所有的钱买了他演唱会的票，结果连吃晚饭的钱都没有了，就饿着肚子一直在体育馆等到开场。

但是你相信吗？那天的演唱会，我居然没有看完。

因为，当万千荧光棒在我面前挥舞，当那首《花祭》响起、万人合唱的时候，我才发现，曾经以为最“痴狂”的自己，不过是他众多粉丝里极渺小的一分子。

自那以后，我还是听齐秦的歌，还是喜欢他。但是，我已经学会了真实地面对自己和自己的生活。

后来，我有很多次机会可以去看他，或者说认识他，但是我都没有去。

因为我深知，偶像之所以在心中留有美好，就是因为他与你之间有着一段距离。正是因为这段距离，你才会看到他最优秀、最美的那部分，也保全了自己内心最初的热情。对于你而言，偶像常常如同天上的星辰，偶尔很暗，偶尔很亮，他温暖或照亮过你的人生，足矣。你不要奋力去靠近，不然，不是灼伤就是失望。

我还记得一件特别有趣的事。有一次，一个女孩去参加一个明星的粉丝见面会。她用尽所有办法混进了后台，果然近距离地接触到了那位明星。结果回到宿舍，她哭了一夜。舍友问她为什么，她抽抽搭搭地说："他为什么会打嗝？"

可是，你热爱的其实就是一个普通人，他不仅会打嗝，还会拉屎、放屁呢！他本身一点错都没有，明明是你自己神化了他！

记得在一期《17SEVENTEEN》杂志里，我们曾做了一个专题，名字就叫"再不追星就老了"。

很多人都来讲了他们对各自偶像的喜爱。有个喜欢陈翔的叫"香橙一大只"的姑娘说："我想去陈翔的公司扫地，谁不喜欢他，我就摁住他的脑袋往墙上撞！"

其实每一个受到大众喜爱的明星，大抵都是因为在他的身上，人们可以看到或者感受到很不一样的东西。但对明星而言，他在乎的一定不是粉丝的数量，而是粉丝的质量。"香橙一大只"姑娘恨不得放弃自己的前途去陈翔的公司扫地，或者把不喜欢他的人的脑袋往墙上撞，我想如果陈翔知道，他一定会反对这些事吧。

生活中常常会有这样的事。粉丝们发现了自己的偶像对另外一个人不爽，可能还只是风吹草动、未起波澜，但是为了捍卫自己的偶像，他们就不管不顾、蜂拥而上冲着对方一阵乱骂。有时偶像的负面新闻尚在萌芽状态，他们就迫不及待跳出来大肆解释、拼命澄清。这些事其实是最最做不得的。因为粉丝的形象，很多时候会影响到偶像的形象。可怜的偶像们，常常是公共危机还没有启动，就在粉丝的热情澎湃中形象大毁、泥足深陷了。我认识的一个女生曾经为了自己的偶像旷课多日，每天发起各种投票支持他，结果有一天终于可以亲眼见到偶像了，偶像却对她的所作所为态度冷淡。混乱中，偶像的保镖还在人群的推搡中不小心撞倒了她，而偶像却扬长而去并未留意。这个女生从此伤心欲绝，发誓再不追星。

收起你那颗易碎的“玻璃心”吧。还是那句话，偶像就是偶像，不是你的朋友。他需要你的欣赏和关注，但一定不需要你的保护和同情。试想，若不是他经得住风雨，耐得住寂寞，抵得住流言，他怎能有今天？

Tips No.28

- 偶像之所以在心中留有美好，就是因为他与你之间有着一段距离。
- 偶像常常如同天上的星辰，偶尔很暗，偶尔很亮，他温暖或照亮过你的人生，足矣。

秘方 NO.29

输在起跑线，
不代表不能够赢在终点站

很多人都问我，饶雪漫，你的小说里怎么每个女主角都有毛病，不是左耳听不见、父母双亡，就是患了听上去很可怕的病——交替性暴食厌食症。这样也就算了，你还偏偏要让她们受尽苦难，到最后都不能跟自己最心爱的人在一起。你这个狠心的“后妈”，到底是要闹哪样！

拜托！我是在写小说呢！我成天写他们吃饭睡觉，三点一线风平浪静的生活，你会不会花钱买了书后直接把它砸回到我脸上？

小说是生活，又比生活多那么一点点味道。在现实生活中，每个人其实都会有那么一点不顺利，我只是在小说里把它们放大了一点点。我的目的是希望读过的朋友都会想，哦，原来不是我

一个人这样子啊！

我只想让你知道，不管你“惨”到什么地步，你都一定不是最惨的那一个。

有很多孩子跟我抱怨，我真的很惨啊，我已经输在了起跑线上，我怎么还有可能拥有美好的将来？

所谓的“输在起跑线”，无非也就是，家里比别人家穷，成长环境没别人好，父母比较极品，或者成长时一不小心走了歪路，等等。

但是人生是长跑，不是短跑，不跑到最后那一刻，谁知道谁会赢？

我认识很多后来在事业上获得相当大成功的人，他们都是从农村走出来的孩子。没有被自卑、虚荣和心理落差打倒的他们，能更加清楚地意识到自己肩膀上真正的负担是什么。他们比城里的孩子更能吃苦、更加勤奋，也更懂得珍惜和感恩。

我有一个朋友，他现在已经是一家上市公司的老总，如今在朋友聚会的时候，还时常会讲起曾经很“潦倒落魄”的故事。以前进城上学时，他穿的是自己母亲做的鞋子，那样的鞋上几节体育课就坏了。寝室里的一个来自城里的同学便嘲笑他露出脚趾的布鞋，他却很坦然地笑笑说自己家里真的很穷，妈妈能给自己做这样一双鞋已经很不容易了。他有时跑去垃圾箱旁捡起其他同学扔掉的鞋子，问他们能不能送给自己穿，这样他就暂时有双鞋替换着，可以把破了的那双捎回家让母亲补。他的坦诚与真实让寝室的其他同学都很感动，他甚至和那个笑话他的同学成了铁打的哥们。

还有一个女孩，因为爸妈离婚，没人管她。从十二岁到十五岁，偷、摸、骗、抢，她真是什么坏事都做尽了。她妈实在没办法，只好把她送到了某所“行走学校”。在那里，她不可避免地和教官发生了冲突，还差点把一个同宿舍的女生逼上绝路。为了她，她妈哭过闹过，统统没用。大家都以为这个女孩会一辈子这样下去，可是五年过去之后，她的改变令很多人跌破眼镜。

现在的她，早就收起了当初的个性，自己经营了一家淘宝服装店，并且在短短两个月就把它做成了皇冠商铺。去年春节前后一个月，她进账超过十万元，还带着妈妈去香港玩了一趟。她们拍了一段视频放在网上。在视频中，母女俩就像亲姐妹，欢乐极了，过往的那些伤痛，就像从没存在过。

当然，这欢笑的背后，是她带着伤痛的成长。她冒着风雪去进货，与人砍价砍到“嘴软”，反复分析淘宝买家的心态，做出有自己独特风格的热卖服装，深夜填发货单填到手快断掉，为了达到百分之百好评不惜和每一个买家用心交流。

她说：“我只是想告诉别人，我不想输。我还没有输。”

我为她高兴，她当然没输，而且赢得好漂亮。

不是一开始跑得慢，或者一开始走了弯路，就没有超越别人的机会了。龟兔赛跑这个故事，每个人很小的时候都已经听过。只是很多时候，我们都心甘情愿地当一只慢吞吞的乌龟，并且会在心底先泄气地承认：“我就是这样，没有底牌也没有运气，怎么去跟人家赛跑？不如就这样吧。”

可是，你别忘了你还可以像我上面说的那个姑娘一样，跟自己赛跑啊，超越从前的自己，如同李宗盛的歌中所唱：“我们都是和自己赛跑的人，为了更好的明天拼命努力，前方没有终点，我们永不停息。”

多美好！

Tips No.29

- 不管你“惨”到什么地步，你都一定不是最惨的那一个。
- 人生是长跑，不是短跑，不跑到最后那一刻，谁知道谁会赢？
- 不是一开始跑得慢，或者一开始走了弯路，就没有超越别人的机会了。

秘方 NO.30

赚钱养梦，
自己的梦想自己买单

最近在《职来职往》担任职场达人的时候，三位求职者让我印象深刻。

第一位是个二十三岁的女生。她很爱唱歌，参加过好多次选秀节目，被人称为“选秀专业户”。据她自己说，她参加过的选秀节目已经多到数不清的地步，曾获得过“花儿朵朵”全国二十一强和“激情唱响”一百强，但是这些成功并没有让她更靠近自己的歌手梦，所以她想借助《职来职往》找到一份能让自己继续唱歌的工作。

她说：“我的梦想就是成为一名专业的歌手。我想唱歌，在最大的舞台上唱歌，无论多苦多累，我都会坚持的。这几年妈妈陪我四处参加比赛，花了二十多万元了。我不能就这样放弃梦想，我已经付出了很多，我觉得我只差一个机会而已。”

她唱了一首歌。本来激情四射的一首歌，她却唱得中规中矩，虽不跑调，却没有自己的风格。

我对她说的话听上去有些残忍。我说："你觉得自己唱得好，对吗？可是在这个世界上，和你唱得水平差不多的人多的是。你也许觉得自己形象也好，可是我告诉你，在这个世界上，和你形象差不多的人，也多的是。更重要的是，这个世界上还有很多唱得比你好、形象比你好、运气也比你好的歌手。你已经二十三岁了，可你自己没有挣过一分钱，你参加比赛的这二十多万元都是你妈妈辛辛苦苦攒下来的。你有没有想过，如果再过十年，你又再花掉你妈妈十万元，可是你还是没有红，你还是没有成为专业歌手，到那一天你要怎么办？"

我说完，所有的达人老师把灯都灭掉了。她求职失败了。我并不是要打击这个女生的梦想，我只是想让她认真想想，为了自己一个虚无缥缈的梦，就要让父母花掉他们大半生的积蓄来买单，这样做对吗？

随后，主持人把下一位求职者请了上来。让所有人都没有想到的是，她竟然就是刚才那位女生的妈妈。

妈妈上了台，红着眼眶，握着女儿的手说："其实，我这次来求职，就是想找一份工作，挣钱帮女儿继续完成她想唱歌的这个梦想……"

我差点就石化在台上了。

和女儿的遭遇完全不同，妈妈很顺利地就找到了工作。在节目的最后，我还是忍不住对那个已经哭花了妆的女生说："其实我只想让你明白一点，无论你有没有梦想，要不要坚持自己的梦想，你都必须首先学会自己养活自己。做地铁歌手也好，去酒吧驻唱也好，或者去教小孩唱歌、弹钢琴、弹吉他也好。只要你愿意吃苦，你一定有很多可以养活自己的方式。你已经长大了，不，你已经很大了，你要对你妈妈负责，不能完全依赖长辈的经济支持。自己赚钱自己养梦，是你必须去做的事。"

女生擦干眼泪点了点头。但我不能确定，她是不是真的懂得我的意思。

还有一位是个很有文艺范儿的男生。他的家庭条件并不好，父母下岗，弟弟也早就辍学经商了，家里只供出他这么一个大学生。毕业后，他不顾家人的反对，毅然决然地带着自己所有的积蓄，来到北京当北漂。他想找一份与绘画鉴赏有关的工作，可惜一直都未能如愿。他当时站在台上求职的时候，口袋里只有几十块钱了。《职来职往》就像是他最后的一根救命稻草。

我问他："为了北漂，你已经所剩无几，我想知道，当你口袋里只剩下最后一分钱的时候，你还会快乐吗？"

他愣了一下，尴尬地笑笑说："也许吧。"

我对他说："我觉得你在前期就要为了你这个'也许'做好准备。你是一定要生存的，不能生存，还怎么谈梦想呢？"

“这个我从来没有想过，但是，我就是要为了我的梦想拼到底。”他握紧拳头回答我。

就在这时候，主持人李响问了他一个问题：“你知道你现在最应该感谢的人是谁吗？”

他摇摇头。

“你最应该感谢的是你的弟弟。你把父母抛下，而你的弟弟却一个人担起了照顾父母的责任。你觉得他容易吗？他难道就没有自己的梦想吗？还是你觉得，只有你的梦想才是最最重要的呢？”

他被问住了，低下头，久久不说话。

我的女孩们，我知道，你们的心中都有很多很美的梦。有的想当演员，所以不顾一切地去减肥，用父母大笔的钱去整容；有的想当作家，所以不顾一切地退了学，在父母焦虑的眼光里每天爬着华而不实的格子……请不要总是自豪地告诉我：“这是我的梦想，我一定要坚持下去。”当你说着这样的话时，坚定的目光似乎在向所有人宣告，任何阻挡你追求梦想的行为都是不理智、不道德的。可是，你们得明白，不是打着梦想旗号的东西都是伟大的。就算梦想无价，但如果你的梦想只能建立在亲人们的付出与痛苦之上，那它还真的是一钱不值呢！

同样是追梦，我认识的另一位女生就很让人欣赏。

她是我某一届女生夏令营中的一个营员，名叫妮妮。因为从小热爱唱歌，她一直渴望成为一名专业的歌手。最近，她要到一家音乐培训机构接受专业训练。她跟我说，那个培训班有专业的老师进行一对一辅导，还允诺可以帮她把她写的歌谱成曲。她显得异常激动，恨不得马上就去上课。她告诉我，这种培训班需要先缴纳近万元的学费。

我问她："要交这么多学费，你这钱从哪里来的呢？"

她略带自豪地回答我："都是我去打工赚来的！"

原来为了凑足这一万块钱，妮妮一直都在打工。其实她的家庭条件很好，可是她不愿意用家里的钱。她找了一份早上送牛奶的工作，每天早上四点就去奶站装好奶，然后送到订户家里。白天的其他时间，她则在一家餐馆当洗碗工，一天要干上六七个小时。到了晚上，她就去一家酒吧驻唱，同时也做服务员，通常要工作到凌晨两点多。妮妮跟我说，那段时间她都快累趴下了，但是为了实现自己的梦想，她觉得一切都是值得的。

我在 QQ 上鼓励她说："我支持你！你要好好加油！新歌出来一定要先给我听哦！"

她惊喜地说："真的吗？雪漫姐，为什么大家都反对我，说我上当了、受骗了，你却愿意鼓励我呢？这真令我开心到爆！"

我当然要支持她。也许妮妮的这个梦想，在很多人看来都觉得她付出太多，而且可能还学不到任何东西。可是我欣赏她对待自己梦想的态度，不依赖父母，所有用来支付她梦想的费用，都是自己挣来的。她付出那么多，只是想靠近梦想一点点，我们有什么样的理由不为她喝彩和叫好呢？

所有追逐梦想的女生，不要忘记：用你自己的双手托举的梦，才值得被真心地祝福。

Tips No.30

- 不是打着梦想旗号的东西都是伟大的。
- 就算梦想无价，但如果你的梦想只能建立在亲人们的付出与痛苦之上，那它还真的是一钱不值呢！
- 用你自己的双手托举的梦，才值得被真心地祝福。

秘方 NO.31

乱箭齐飞有可能一个不中，有重点的人生才有方向

前几天，我们公司的官方微博发布了这么一则招聘启事，全文如下：

北京招聘。现因公司拓展需求，北京凤凰雪漫文化有限公司诚招总编辑助理两名，要求大专以上学历（有经验者优先），沟通能力较强，热爱图书，喜欢文学。特别要求：土象星座，处女座最佳。报名请直接私信凤凰雪漫，并请附上简历。

没过两天我去翻私信，发现真是五花八门，什么样的都有。最令我不能理解的是以下几封：

1. 请问总编辑助理是干什么的呢？需不需要打扫房间什么的？（这个都弄不明白还来应聘？）

2. 请问工作地点在哪里？（最前面四个大字，写着“北京招聘”，就硬是看不见？）

3. 我真的很喜欢雪漫凤凰公司，你们出版的每本书我都看，《会有天使替我爱你》我都看十遍不止了。我强烈要求来贵公司。（对不起，我们公司名叫凤凰雪漫，你说的书也不是我们公司出的。）

4. 请问如何报名？需要递交简历吗？（这……）

5. 我不是处女座，但是我爸妈都是处女座，可以吗？（好吧，我承认，我彻底被问住了。）

……

我敢保证，上面那几位同学，都没有很认真地看我们的招聘启事。如果他们都说认真地看过了，那就只有一个原因，他们看不出重点。

说实话，我特别怕和没有“重点”的人打交道，不仅累，而且效率低。一件事反反复复说，就是落不到点子上，他不急，我都急了。

有一次，我一个助理给我打电话。她告诉我：“雪漫姐，我们周四给你安排了一个活动，地点是在国贸，时间是下午三点。我到时候会和司机一起去接你。服装你不用准备了，那里都有，现场也有化妆师，到时候你简单化一下妆就好。”

我问她：“说完了？”

她愣了一小下说：“哦，对了，活动结束后可以不用吃饭。你看你是回宾馆还是回公司，我先跟司机说好。”

“完了？”

“完了。”她很肯定地说。

“什么活动，我去干吗，如果要发言，发言内容及发言时间你能告诉我吗？”

“哦哦哦。”她恍然大悟地说，“这个我忘了，我怕你忙，想着到时候在车上的时候再跟你讲也不迟。”

好吧，我真没什么好说的了。这姑娘之所以会犯这种错误，是因为她觉得这件事的重点是我什么时间要去什么地方以及我该如何去，而不是我为什么要去以及我去了要做什么。也就是说，在她心中，只要我按时到达，按时化好妆，不管这活动我愿不愿意参加，不管我在活动上面胡说八道些什么，都是无所谓的。

我们公司刚成立的时候，营销部的几个姑娘都没什么经验，但工作态度都非常好。大家都替她们打抱不平，要我给营销部少派点活，说什么她们实在是太累了，有时候连吃饭喝水的时间都没有。可是，我感觉她们手头上的事也不是那么多啊，应该不至于累成这样吧？

在一次新书发布会前，我总算找到了答案。那天晚上，她们几个和美编凑在一起设计活动的背景板，纠结这个背景板上我的照片应该放哪一张，各个合作单位的 Logo 应该是什么样的摆放顺序。这样的讨论持续了近两个小时，美编配合她们来来回回地试，背景板依然没有做到最满意的效果。

我问她们："媒体安排好了吗？"

"那个不急。"有人回答我说，"媒体往往都很忙，我们打算提前两天通知他们。"

"万一来不了怎么办？"

"这个我们想好了，到时候可以给他们发邮件。"

"读者都通知到了吗？"

"消息发了一半，这不正折腾这背景板吗？"

"我想请问一下，我们做新书发布会的目的是什么？"

"让大家知道我们有这本新书要发行了啊！"

"答得对。"我说，"如果媒体不肯来，又对你发的邮件毫不关心，我们这个新书发布会不就白做了？关于新书发布，我的经验是，媒体至少要通知三次以上。第一次，告诉他们有这件事，从与他们交流的情况判断他们对你这件事是否感兴趣。如果他们没有兴趣，还来得及换一家。第二次，尽快将本次活动的相关资料发到他们的信箱里，并附上正式邀请函。第三次，在活动前一天进行进一步的确认。和这件事比起来，背景板上的照片大一点、小一点，左一点、右一点，还真的不是最最重要的。"

她们被我一吓，赶紧去打记者和读者的电话，但已经晚了。果然，那次发布会来的记者和读者，都比计划中少了不止一半。那个华丽的大背景板，在偌大的会场里还真显得有点孤独。

所以说，做一件事，先搞清楚目的，你才能搞清楚重点；搞清楚重点，做事的时候你才能学会从最重要的地方着手，次要的相对忽略，从而达到最高的工作效率。如果你手头同时有好几件事，你每一件做一点，胡子眉毛一把抓，等时间到了，你会发现一件都没有完成。所以，你不如盯着一件最重要的事，从头做到尾。

其实，不只做事需要找重点，与人交流更是需要找重点。有一回，我正在忙着和一个很重要的作者谈选题，我的助理推门进来，先是给我介绍了一通广州的天气如何如何，接下来又说了广州的大学生们正在面临期中考试等一大堆废话。我忍不住打断她问道："你想说什么能不能直接点？"

她说："就是想告诉你，你广州的活动推迟了。"

"谢谢。"我说，"以后在我忙的时候，麻烦你先说这最后一句。"

其实我理解她，这次活动我们已经做好了所有的准备，临时变动一定会影响到各个方面的计划和安排。她一定是怕我责备她，所以才想先讲清楚推迟的理由。但遗憾的是，她不知道，在某些场合下，直接的表达反而会让事情变得更加简单和顺利。

所以，请理解一个一天收上千条私信的人，当你有事找我的时候，请不要反反复复地问我：在吗，在吗，你在吗？

我还活着，有事您讲。

Tips No.31

- 做一件事，先搞清楚目的，你才能搞清楚重点；搞清楚重点，做事的时候你才能学会从最重要的地方着手，次要的相对忽略，从而达到最高的工作效率。

- 不只做事需要找重点，与人交流更是需要找重点。

秘方 NO.32

知道自己最适合做什么，比知道自己最想做什么更重要

前两天我收到一封信，一个工科专业的男生，要应聘我的青春文学编辑部的主管。看清楚了，真的是主管！但是看他发来的简历，一没发过作品，二没任何工作经验。他来应聘的理由是：我喜欢读书，最喜欢的是《钢铁是怎样炼成的》。我觉得干编辑这行一定很有趣。我当过学生会的干部，做管理一定没问题！

我没回信。他就不厌其烦地给我写，并告诉我："你相信我，只要给我一个机会，我一定还你一个奇迹！"同学，青春文学编辑部的主管这个工作，真的不是凭热爱，光知道一本《钢铁是怎样炼成的》以及当过学生会的干部就能轻松胜任的。

你不要误会，我绝不是看不起学工科的。在我们公司，做编辑做得好的，也往往不是文科生，但是他们一定是热爱文学并且

长期与文字打交道的。你稀里糊涂半路闯进来，我要是接纳了你，不是帮你，反而是害了你。

不管怎么说，做自己擅长的事，一定会比做自己不擅长的事要做得好。万一专业和资质决定了我们暂时做不了高水准的事，那么，把看似简单的事做好了，也算得上是成功。

我妈妈是数学老师，曾经教过一个学习很吃力的学生，每道她不会的题目至少要给她讲三遍她才能明白，好多问题她还需要一次一次反复地问。为此，我和妹妹悄悄给她起了个外号——十万个为什么。

那时，大家都认定她将来不会有大出息。她从小学读到中学再读到中专，毕业后到上海打工，在一家很不错的外企做前台的工作。后来这家公司的老板换来换去，员工也换了又换，就只有她，一直坚守着这份前台的工作。

三年做下来，这份工作做熟了。新老板不认识的客户，她都认识；新员工不熟悉的流程，她全知道。于是，她在公司的地位也开始变得重要，老板慢慢喜欢上她，一年给她加了两次薪水，结果她拿到手的钱比很多普通白领的还要多。

现在这个总被人嘲笑的姑娘已经在上海这个寸土寸金的地方拥有了自己的两室一厅，还有一个爱她的老公以及一个可爱的大胖儿子。虽然每月还完房贷后两个人的收入所剩不多，但她的日子过得平安喜乐，前台的工作做得心满意足！

绝不只是因为这姑娘运气好，而是她知道自己的优势在哪里，不高攀的心态让她能够把做一份工作的时间从短暂的一年延长到三年，长期积淀下来的经验是她的制胜法宝。所以，不要怕你做的事情没那么伟大，做对了才是关键。

我以前用过一个助理，不能说她笨，只能说她真的不聪明。比如替我订火车票，我明明是要去上海站，她问也不问，给我订了一张去上海虹桥站的；我出差，她安排车子来接我，我的电话不给司机，司机的电话也不给我，她自己还关机，害得我和司机在楼下各自转了近半个小时，好不容易才接上头。我问及原因，她还委屈地说："我想着你是名人，你的电话不能随便给别人！"

出了这么多岔子之后，这个姑娘认为这份工作不适合她，要去追求更高更远的理想。和我挥泪告别之后，她去了一家娱乐公司做宣传，没做几天就让人家辞退了。听说后来她又换了好几家公司，但都没干长。有一天，她在QQ上问我："雪漫姐，我能回来吗？我好怀念为你工作的日子。我好像懂得自己该怎么做了。"

对不起，那个位子不会等着你，早就已经有别的人坐了。

做一份工作如同坐上了一张椅子，如果你感觉椅子坐着不舒服，不要先急着换椅子，看看是不是自己的坐姿不对，能不能调整。如果总是调整不好，及时更换当然也是一种聪明的做法。我们公司以前出过一本书叫《你可以不怕改变》。出版后，好几个员工都辞职了，其中一个很坦诚地对我说："我最近一直在想，我是不是适合干编辑这一行，做这一行这么久了，我都没做出过什么畅销书来。所以，我想换职业。”

我很高兴地送她走，并给她最最真诚的祝福。

不聪明的人也可以很聪慧地生活，不要过早地去想，命运没有给你什么。其实命运对每个人都是公平的，关了一扇窗，就一定会为你打开一扇门。你与其拼了命去推那扇有可能根本就打不开的窗户，不如轻松转身，走向开着的那扇门，轻松抵达你想要到达的远方。

Tips No.32

- 不聪明的人也可以很聪慧地生活，不要过早地去想，命运没有给你什么。
- 其实命运对每个人都是公平的，关了一扇窗，就一定会为你打开一扇门。

秘方 NO.33

离成功往往只差一步，是因为你的字典里少了一个叫“坚持”的词

某天晚上参加某个聚会，坐在我旁边的一个姑娘面对一桌美食，愣是不动筷子。我问她为啥，她骄傲地说：“减肥呢，午后绝不食！听说挺有效果的哦，雪漫姐，你要不要试试？”

我劝她：“如果你没打算坚持一年以上，就吃吧，不然这一顿，饿也是白饿。”

她不肯听我的。

三个月后的某次聚会，我又遇到那个姑娘，她一把抱住我说：“雪漫姐，我没减下来，放弃啦，今晚我要猛吃！”

我看看她，是啊，不仅没减下来，应该还更胖了一些。

很多女生都抱怨为什么试了那么多种方法还是瘦不下来，可我一个减肥成功的朋友告诉过我，减肥这件事情一点都不难，其实只要坚持任何一种减肥方法都是可以瘦下来的。减肥能不能成

功，跟方法没什么大的关系，关键是能不能坚持住。

其实不光是减肥，做任何事情都是如此。

小熊是我认识的一个很能干的姑娘，学历高，能吃苦，做事也相当认真。她之前在一家很不错的公司里做营销专员，接过我的一个地面宣传活动，整个活动被她安排得井井有条，各方关系也都处理得妥妥帖帖。我觉得，以她这样的工作能力和工作态度，应该会在她现在的公司有相当大的发展。可是有一天我在网上再遇到她，她竟然告诉我她辞职了。

我很惊讶，问她为什么。她跟我说，她觉得工作特别累，而且觉得自己根本没有升职的希望。在那家公司，很多同事都比她会搞人际关系，要不就是老板的亲戚朋友。只有她只知道埋头做自己的事情，感觉有点暗无天日，所以想来想去，还是决定辞职，去另外一家公司从头再来。

“如果新公司也是这样怎么办？”我问她。

“不可能这么背运吧。”她说，“雪漫姐，你应该祝福我才对。”

没过多久，我偶遇了小熊公司的老板，提到小熊这个人的时候，老板特别可惜地跟我说：“那姑娘特别好，突然就辞职了，我还真挺舍不得的。”

我骂他说：“谁叫你小气，你给她加薪升职，她不就留下来了吗？”

老板说："不瞒你说，在她跟我提辞职的前一天，我已经跟总部提交申请，希望升她为我们北京地区的营销主管。这姑娘平时工作努力，也出成绩，大家都看得见，但谁也没想到她会选择离开。"

"那你为什么不告诉她她要升职了，请她留下来呢？"

老板摇摇头说："公司需要的不仅仅是能干的员工，还需要有忠诚度的员工，如果她的心已经离开，用升职留住她，她迟早也是要走的。"

原来是这样。

我没有把这件事告诉小熊，是因为我知道她在那家新的公司做得不算好，也不开心，甚至问过我能不能来我们公司干活。我不知道她如果知道真相后，心里会不会有遗憾。只要她再坚持一天，也许，她的命运就真的完全不一样了，之前所有的努力也不会白费。

你们有没有过在网上下载资料失败的经验？进度条上明明显示已经下载到了百分之九十九，可是突然就断网了，文件还是没有下载成功，心里特别抓狂。所以，不要再抱怨为什么成功的都是别人，抱怨自己的努力从来都没有人看得见，其实很多时候，你的成功不差多少，就差那百分之一的坚持到底。

很多姑娘肯定会想，好吧，雪漫姐，你说了那么多，我也相信坚持是有用的。可是，"坚持"这两个字，说起来容易，做起来可没那么容易。我也多次想要坚持，小纸条贴在墙上天天提醒自己，可是我就是做不到，怎么办？

我教给你一个好方法，你可以从一些小事情开始，给自己制订计划，从而慢慢地养成坚持的好习惯。打个比方说，背单词应该是一件比较简单的事情吧。那么你就每天给自己定量，不要多，一天背十个就足够了。但前提条件是，不背完就不睡觉。只要你能坚持一年，你想一想，你的词汇量该有多大？

我从十四岁开始写作，到今天已经写了二十多年。总是有人问我，你觉得成功是坚持，还是运气？

我说，两者皆有。

准确地讲，是因为有了昨日的坚持，所以才有了今日的运气。

Tips No.33

- 很多时候，你的成功不差多少，就差那百分之一的坚持到底。
- 从一些小事情开始，给自己制订计划，从而慢慢地养成坚持的好习惯。
- 因为有了昨日的坚持，所以才有了今日的运气。

秘方 NO.34

不要怕失败，每个成功的人都曾经带着失败上路

最近我收到一封私信，是一个叫小雪的女孩发来的。她在信中说："雪漫姐，我今年高考又落榜了。第一年高考失利后，我去复读了，谁知道一整年的努力换来的却是更烂的成绩。爸妈二话没说，又给了我一次机会，我也下决心一定要考好。就这样，我第三次坐进了高考考场。结果呢，考的成绩还不如上一次，甚至连专科学校都不要我。所有人都对我失望了，我也绝望了。爸妈都是我们学校的老师，我却这么不争气，连个大学都考不上。就是因为我，他们在学校里都抬不起头来。雪漫姐，像我这样一个失败的人，是不是一辈子也就只能这样了呢？"

我给小雪寄去了我们公司刚出的一本新书《璇木》。这本书的作者是刘璇，在这本书里，她以非常真诚的态度讲述了她成为奥运体操冠军这一路走来所付出的努力和汗水，里面有个很重要

的章节，我折了页，希望小雪能特别注意到。

那一节讲的是在一九九六年的亚特兰大奥运会上，刘璇在她最具优势的高低杠项目上出现了掉杠的重大失误。之后的平衡木比赛中，本来是全队平衡感最好的刘璇，刚一上平衡木就出现了大的晃动，一套动作都是晃晃悠悠完成的。其他队员潜意识里都受到她的影响，也都出现了或大或小的失误。那年体操女队的成绩真的是可以用“惨不忍睹”来形容。

可是，尽管这样，刘璇仍然没有放弃，而是坦然面对，查漏补缺，选择继续练下去。虽然女子体操队员在十几岁的时候就应该退役了，可刘璇硬是凭借她的毅力克服了自己身上的伤病，不仅完成了高质量的训练，同时再次获得征战奥运的机会。

二〇〇〇年，她带着不怕失败的勇气登上了悉尼奥运会的赛场，用完美的动作征服了全世界，获得了我国历史上第一块平衡木的奥运金牌，迎来了迟到四年的荣耀。

所以说，失败没什么大不了的，只不过是从头再来嘛。

我还认识一个叫青青的女孩子，高考考了三次才考上大学。她大学学的专业是法律，又是连续三次司法考试都没有通过。不过，她还是没有被这一次次的失败所击溃，反而越挫越勇，终于以一个漂亮的高分拿下了让她饱受失败痛苦的司法考试。

现在的她被一家知名的律师事务所录用，月薪八千元，并且很快就要升职了。

三次高考、四次司法考试，我想青青的运气真的是很差。但是她一点也不怕失败，因为她能够允许自己失败，所以才会从失败中积累经验，然后再次出发。

有个二十五岁的女孩子，事业发展得非常不错。有一次我跟她聊天，她跟我讲了这样一个故事：“我从小到大都是一个极其没有时间观念的人。高考那天，我竟然把考试时间记错了，结果迟到了。门卫拦着我不让我进场，我妈妈在旁边都急得快疯了，一边哭一边给门卫跪了下来。但是，规定就是规定，无法为任何人改变。最终，我没有参加那年的高考，选择了复读。但是，我永远都不会忘记我妈跪在那里的那一幕。我发誓，这一辈子，我都不会再让她这么丢人。我也因此得到了一个教训，就是不论做什么都要注意不迟到、不拖沓，不然会出大错的。我的老板喜欢我，就是因为这一点哦！”

你看，这就是一个聪明的孩子。

姑娘们，感谢失败吧。

失败其实应该是你最值得拥有的经历，是你在以后的人生道路上最宝贵的财富。人生中最精炼有用的经验都是在失败中一点一滴积累起来的。你可以把每一次的失败都记录下来，然后分析一下自己失败的原因。每当自己再遇到类似的问题时，翻开来看一看，你也许就会找到该怎样走下去的方法。

不要怕失败，失败更不是你从此消沉下去的理由。有句老话说得好：失败是成功之母。

不要怀疑，这真的是真的。

Tips No.34

- 失败没什么大不了的，只不过是从头再来。
- 失败其实应该是你最值得拥有的经历，是你在以后的人生道路上最宝贵的财富。
- 人生中最精炼有用的经验都是在失败中一点一滴积累起来的。

秘方 NO.35

追求生活中绝对的公平，
你怎么死的你都不知道

曾经有一个特别喜欢唱歌的女孩问过我："雪漫姐，你说电视上那些选秀节目是不是有'黑幕'啊？为什么每次比赛都有大家很喜欢的选手特别遗憾地离开，又有一些大家根本不喜欢的人拿到很好的名次呢？"

"可是，这就是选秀啊！"我说，"你觉得不好的人，未必别人会觉得不好；你觉得好的人，别人未必会喜欢。你不能以你一个人的标准来衡量整个节目的公平程度。按你的心愿来，就是公平的；不按你的心愿来，就是有黑幕。那怎么行？"

"可是不是我一个人反对啊，很多人跟我意见一样嘛。有些人，根本就唱得不好，电视台就为了收视率，不顾观众的感受。"她反驳我。

"那你觉得电视台追求收视率有错吗？我告诉你，就算大家

都觉得选秀这件事不靠谱、不公平，但是一旦有选秀节目出台，报名者还是会挤破头的。”

“那你能给我一个建议吗，像我这样，到底要不要去参加选秀呢？”

“看你的心态吧。一旦你参加选秀节目，就等同于接受了比赛的游戏规则。不管出现什么样的结果，如果你都能平和地接受，你就可以去。反之，你就离它远一点。”

这个女生后来还是去了，未进入全国一百强。

“还好，幸亏之前做足了心理准备。”她说，“虽说也有唱得比我差的都进了一百强，但我也没有太失望，就当去锻炼一下自己。”

很多女生问我，这个世界上到底有没有“公平”二字，为什么自己努力了半天，成果却忽然变成了别人的？为什么明明比别人强，出人头地却总是轮不到自己？为什么和别人做同样的事，待遇却完全不同？当遭遇这些不公平的时候，是该默默承受，还是该奋起反击，或者干脆就彻底地怀疑人生呢？

记得多年前我做编辑的时候，曾经编辑过一套书。那套书的主编，是一个名人。编辑工作由我和另外两个小姑娘负责。坦白地讲，那真的是一个特别辛苦的工作，十本书，几百万字的审稿和编校，我们三个人在一起忙了一个多月，拿到手的编辑费，并不可观。

后来，我们其中一个编辑不知道从哪里打听到了主编的费用，竟然是我们的十倍不止。她在相当长的时间内非常愤怒，无论我和另一个编辑如何劝她，她都不能释怀。

“我承认他是名人，他有号召力，但是干活的都是我们。如果差距小点，我尚能接受；这么大的差距，就是不公平！”

后来，这个姑娘离开了我们的团队，去了一家民营的图书公司做编辑。她工作真的很拼命，我经常在书店看到她做的书，很好看，也很畅销，我真心为她高兴。可是，奇怪的是，不管她在哪家公司，都待不长。按照业内规定，辞职走人，提成免谈，因此她也享受不到那些畅销书带给她的利益，日子过得一直很窘迫。

有一次我们聚会，我问她为什么频频跳槽，她说：“第一家公司，有本书明明是我签下来的，也是我全心做出来的，但公司按部门提成，主管拿走了比我多得多的钱。我干吗要留在那里当他们的赚钱机器！第二家公司更古怪，因为外面欠他们的书款比较多，最后管书款的发行人员的工资比我们编辑的都要高，简直是侮辱我的劳动和智商。第三家还算重视我，那家公司一半的书都是我做的，可是我头顶上却有一个什么都不懂的总编辑，啥本事没有，就因为她是我们老板的情人，整天对着我指手画脚，我真是忍受不了！说实话，我对这一行已经完全失去信心了！”

把她送上出租车，跟她分手后，我心里有种特别难受的感觉。回想一下，当年我们一起做那套书的三个小编辑，命运早已不同。

我在多年前就成立了自己的出版公司，除了自己写书，也替别人出书。另一个姑娘，现在已经是国内某大型出版社的副总编辑。唯有她，努力拼搏了十余年，还站在原地几乎不动。最主要的原因，就是她一直在追求一种绝对公平，一有失落感，马上采取反击的态度。她忘了这个世界，只有相对公平，没有绝对公平。

吃亏是福。能吃亏的人，才配得上好运。反之，一遇到“不公平”事件就强烈反弹的人，要么太自私，要么就是太傻。人生就是一场“游戏”，玩得起的人收放自如，得失随缘。此次失去一些利益，下次一定能得回一个机会。玩不起的人，只想着“这就是我该得的，凭什么不给我”，真是怎么死的都不知道。

- 能吃亏的人，才配得上好运。
- 一遇到“不公平”事件就强烈反弹的人，要么太自私，要么就是太傻。
- 人生就是一场“游戏”，玩得起的人收放自如，得失随缘。

秘方 NO.36

人生本来就有很多事是徒劳无功的

有一次，我带饶小坏在马尔代夫的海边，遇到一个英国的小男生，大约五六岁，长得特别可爱。他爸妈在晒太阳。他在沙滩上用小塑料桶装沙子，装满后乐颠颠地跑到海边将沙子倒入海里，然后回身再去装满，再去倒。一遍一遍，乐此不疲。

我在一旁很不解地说 :“好无聊啊，他不累吗？”

饶小坏回答我 :“他快活。你们这些大人真无聊，一定觉得他至少应该在沙滩上堆个小人什么的才有意义吧？”

我不好意思地闭了嘴。

前两天，有个姑娘问过我这样一个问题 :“雪漫姐，有一个男生在追我，但我知道我们将来肯定不会在一起，你说我还应该跟他谈恋爱吗？”

“你先说说将来肯定不能在一起的理由。”

“他已经决定要出国了。”女生叹息着说，“我们就算在一起，也最多只有两年的时间。”

我问她：“在你心里，是不是所有不以结婚为目的的恋爱都是耍流氓呢？”

“是的！”她很肯定地点头，“都没有一个结果，还谈什么恋爱？”

我说：“可是，你有没有想过，每段爱情都是危险的。今天爱上了，明天也有可能移情别恋。就算结婚了，也有可能某天会离婚。就算不离婚，还有可能发生婚外恋。如果人人都像你这么想，为了一个肯定的结果才开始的话，那么可能这世界上就再也不会有人相爱了。

所以，问题的关键并不在于你应不应该跟他在一起，而是你到底想不想跟他在一起！”

我们从小就被教育：做事情要先考虑目的，要做有意义的事！于是，不知不觉中，我们都学会了在做一件事情之前先考虑有没有结果再决定到底做还是不做——

如果不能出国，就用不着努力费心去学口语了。

如果不想买衣服，就一定不要去逛街了。

如果不是想业绩好一些，就不要去认识那个人了。

如果不是为了减去一些体重，干吗要大清早起床锻炼！

殊不知，你人生的很多意义和乐趣，都在这些自己给自己的限制中悄悄地流失了，而且再也不会回来。其实，人生本来就有很多事是徒劳无功的，但是我们还是依然要经历。

网上有一句话特别流行："有些事现在不去做，一辈子都不会再做了。"所以姑娘，不要管那么多，你只需要问自己：此时此刻，你是不是在思念他，是不是被这种思念折磨到茶不思、饭不想？是不是觉得，人生没有他，也没有什么意义？

如果是，拿起电话来，打给他。

Tips No.36

- 不知不觉中，我们都学会了在做一件事情之前先考虑有没有结果再决定到底做还是不做。
- 殊不知，你人生的很多意义和乐趣，都在这些自己给自己的限制中悄悄地流失了，而且再也不会回来。

秘方 NO.37

无论你得到多与少，请不要放弃自己的成长

文佳在大学里学的是播音主持专业，各方面都很优秀，毕业后被分配到了一家很不错的卫视，做一档跟旅游和美食有关的节目。

文佳主要担任外景节目主持人，可以出镜的机会很少，多半是在组里干一些杂活。她说："我在那里做了半年，感觉自己就像一个用人。后来我也想明白了，现任主持人做得那么好，也有名气，轮到我不知道是什么时候了。反正这个工作不管怎么说，可以全世界到处跑，我就只当是免费旅游了。"

抱着这样的工作态度，文佳很少去研究自己的业务，工作上也是得过且过，只要不被批评，她就觉得很满足。每到一个新的地方，她不是先去考虑节目怎么做更好看，而是先想着哪里好玩、什么好吃，甚至悄悄做起了代购的生意。一年多过去了，原来的

主持人调到了别的节目，就在文佳觉得机会来了的时候，她却在考核中输给了一个非专业的女生，痛失了机会。

“潜规则太明显了。”文佳在电话那头愤愤不平地对我说，“不管从哪个方面来说，那个女的都没法跟我比。我唯一的办法就是辞职，我就不信我在别的地方找不到自己的一方天地。”

“从头开始的话，你这两年不是相当于白做了吗？”

“其实我也没学到什么。”文佳说，“这也是我想起来觉得还不至于那么吃亏的地方。至少，我没有加很多班，受很多罪，吃很多苦，挨很多骂。”

“你错了。”我说，“这恰恰是你最吃亏的地方。如果你没有因为觉得不公平而放弃自己学习的机会，用那些吃喝玩乐的时间想想如何做好节目，跟编导多多交流，增强自己的业务能力，今天顶替那个主持人的，未必会是别人。”

放下电话，我把在网上看到的一个寓言故事从 QQ 上发给了文佳：

有一棵苹果树，第一年结了一百个果子，但被人摘走了九十九个，它只得到一个。它很生气，觉得自己辛苦汲取营养结成的果子，一下子就被人摘去了这么多，所以，它就不那么辛苦地成长了。到了第二年，它只结了十个果子，但还是被人摘走了九个，只剩下一个。可它觉得，相对于去年的百分之一，它今年得到了十分之一。它觉得自己的收入翻了十倍，其他的树那么拼命地成长，到最后得到的比它的还少，所以它更坚定了自己的想法，继续过着安逸的生活。有时候就算主人把肥料撒在它的根上，它也懒得吸收营养。到了第三年，它只结了三个果子。它想主人再给它剩下一个，它就可以得到三分之一，那么它的收成就又提高了。可事实却是，主人因为它结果子结得太少，而把它直接砍断，栽上了别的树苗。

很多天后，我收到了文佳的回应。她说："雪漫姐，我还是决定辞职了，但是我把你发给我的故事来回看了很多遍。我想我知道我错在哪里了，无论如何，我以后都不会放弃自己的成长，因为那才是让我可以生活得更好的保障。"

现在的文佳，已经成了国内一档知名节目的制片人。每次跟我们见面，大家夸她的时候，她都会半开玩笑、半认真地对我们说："要不是我毕业后玩了两年，啥也没干，我现在搞不好都是电视台的台长了！"

我们单位的一个小姑娘，做实习生时，总是每天傻呵呵地忙东忙西，表现得很是卖力，尽管工资和正式员工的比起来，一个在地下，一个在天上。为了做好一本书的策划，她常常加班到深夜，可又常常因为经验不足，做出来的东西第二天又被主管全盘推翻。两个月以后，她跟我提出要走，并且直截了当地对我说："我觉得我的付出和收获是不成正比的，我这么努力，却总是没有表现的机会。我做的事一点意义都没有。再这样下去，我就是在浪费自己的青春。”

我问她："那你希望是什么样的？"

"如果不信任我，就不要轻易让我去做。我做完了，就要尊重我的创意，不要随随便便推翻它。我好不容易有了好的想法，最后也变成团队的成绩，好像跟我没有任何关系。我觉得，再努力也是没有用的。雪漫姐，我是没把你当老板，把你当朋友才说这些，不然你想，我在你这里混日子，还不是一样开心？"

我问她："你混日子，对我有好处吗？"

她想了一下说："当然没有。"

"有坏处吗？"

"一点点吧。"她很知趣地说，"我知道其实我也没做什么实质性的工作。"

"谢谢你的诚实。"我说，"可是有一点我必须要提醒你，主管要带你，是需要付出精力的。看你的策划案，她也是需要动脑子的。如果你的策划案可以，她没有不用的道理。她会开心都来不及，因为她有了一个好帮手。你所做的一切贡献也许她嘴上没说，但她心里一定会知道，这些都是你在这家公司积累的职场分数。你记住一点，将来不管你到哪里工作，当你离开的时候你能带走的，就是你自己的能力、你自己的经验。如果没有这些，你就是两手空空地离开，没有人会觉得遗憾，收留你的新公司也未必会觉得欣喜。所以，混日子，倒霉的一定不是老板或主管，归根到底是你自己。"

小姑娘听从了我的劝告，开始特别努力地工作。为了提高自己的编校能力，反复琢磨出版社老师返回的稿子；不辞劳苦地跟着印制老师跑印刷厂了解印刷知识；在别人休息的时间跑到书店蹲点，了解读者需求。现在她已经成为我们公司非常优秀的员工之一。

那天我跟她开玩笑："你现在成熟了，可以跳槽啦！"

她乐呵呵地回答我："雪漫姐，我在公司要学的东西还多着呢，等我全学会再跳吧！"

在生活中，收获与付出不成正比的情况比比皆是。而你，是否就如那个寓言故事中的苹果树一样，当感觉自己的收获与付出不相符时，就自断经脉、拒绝成长呢?

假如寓言中的那棵苹果树无论得到多少苹果，都照样努力地生长，一年比一年结出的果子多，你想一想，它的命运还会是这样吗?

坚持不住的时候，你要告诉自己学会忍耐。这确实是一个令人讨厌而又浪费时间的过程，起起伏伏，反反复复。所有工作过的人都有过类似的经历，但是绝大多数工作都一定包含了某些你尚未掌握的知识和技巧，你必定会从中学到些东西。

换句话说，任何工作，你都可以在其中获得成长，并随着经验的累积而变得出色。这个成长速度是快还是慢，就全看你的态度了。

Tips No.37

● 混日子，倒霉的一定不是老板或主管，归根到底是你自己。

● 任何工作，你都可以在其中获得成长，并随着经验的累积而变得出色。

秘方 NO.38

你的暗恋，
其实是爱情里最美的表情

一部很有名的话剧里，有这么一句台词："所有的爱情都是悲哀的，可尽管悲哀，依然是我们知道的最美好的事物。"每次到大学去和学生交流，只要一提到"爱情"两个字，现场气氛立马不同，所有人都变得兴致高昂且神采飞扬。

有人问我："雪漫姐，你觉得爱情什么时候最美？"

我的回答："一句你们都很喜欢的话足以说明一切，'人生若只如初见'。"

初见时，心动了，在胸腔里活蹦乱跳，自己想按也按不住。哪怕他的一点点小动作你都看在眼里，浮想联翩。有时一个人躲在角落里痛不欲生地拿根树枝玩扯叶子游戏：他爱我，他不爱我；他爱我，他不爱我……可是树枝肯定给不了你答案，答案其实早就在你心底。

因为爱，才会纠结。

事已至此，是表白，还是沉默？

最近我很喜欢的一部电影叫《听风者》，里面就无时无刻不充满着让人心醉又揪心的暧昧调调，不说喜欢、不说爱，在那个特殊的时代里两个人默默地恋着、想着、惦念着。一向走忧郁路线的梁朝伟在片中扮演的是眼睛失明的小混混。他为了心爱的周迅牺牲了自由，改写了自己的人生，甚至戳瞎了自己的双眼。

据说梁朝伟对戏中的暧昧元素最感兴趣，还多次跟导演建议要更疯狂一些。演过无数情感大戏的他认为："感觉越暧昧，观众越爱看。"

某天在网上看到有人这样评价这部电影："你戳瞎了双眼也没用，她还是不爱你。"转帖的人有一大堆。

我只能说，写这帖和转这帖的人情商都不怎么样。

在电影里，爱情说没说？是的，没说。

可是爱情在不在？在。

你如果解读不了真正的爱情，就算爱情降临到你身上，你也不会懂，搞不好还会活生生地把它给推开，甚至埋葬。

前阵子有个姑娘跟我求助，说一个男生特别喜欢她，把她当妹妹宠爱，她很纠结这是不是爱情，问我要不要找他，坐下来当面问个清楚。

答案真的很重要吗？

不。在爱情里，重要的永远都不是结果，而是过程。他给你买饭，陪你逛街，你受委屈他心疼，你有麻烦他担心，他对你这么好，而他对你的好也令你欢喜，你们还没真正相爱，你就已经享受了爱的待遇，你还有什么不满足的？

爱情的最美之处就在于它的扑朔迷离、不知真相。雾里看花、水中望月是一种境界，把谜底交给时间，享受当下的心动不好吗？你想想看，若是你太过着急去袒露心声、表达爱意，或是跑去找他询问答案，甚至一不小心到了步步紧逼的地步，反倒会让男生觉得压力重重，说不定还会弄巧成拙吓跑他呢！

如果我们把爱情比喻成一个奶油蛋糕，那誓言是什么？誓言就是奶油蛋糕上的那层奶油，它很好看，很美丽，也可以有很多种花样，但是不抵饿，多了还腻人。你要想吃饱，靠的往往还是下面那层有点硬且卖相不太好的蛋糕坯。所以说，一眼看不见的蛋糕坯才是爱情里最主要的部分。

女孩，你不用着急，他还没来得及闯进你心里的桃花源，可能是他还没找好入口，也有可能是他很喜欢享受这种感觉。这说明，你对他而言是重要的。这是值得你思考的。你也不要害怕犹犹豫豫地就错过了谁，但凡错过的，恐怕都是因为爱得不够。若是真的相爱，那个男生不论翻山越岭，不管十年八年，终会想方设法娶你回家。

所以，表白之于暗恋，真的没有你想象得那么重要。不论表白与否，不论这场暗恋如何，你都该为自己鼓掌。有个人让你牵挂，有个人为你牵挂，就是成功。哪怕他最后没有为你动心，你也不必遗憾，而是要多谢自己曾经这么努力又纯粹地爱过一场。

毕竟暗恋这个过程，不论你何时回想起来，它都美得冒泡呢！

Tips No.38

- 不论表白与否，不论这场暗恋如何，你都该为自己鼓掌。有个人让你牵挂，有个人为你牵挂，就是成功。
- 哪怕他最后没有为你动心，你也不必遗憾，而是要多谢自己曾经这么努力又纯粹地爱过一场。

秘方 NO.39

暧昧不是罪，
但它一定有毒

我曾经说过，要好好享受暧昧的过程，但是这并不代表，这种暧昧期可以无限延长。

等爱的女孩必须练就一双慧眼，要看明白别人是真的想跟你谈恋爱，还是只想跟你玩一玩。

有时候，你喜欢一个人，觉得他似乎也喜欢你，可他就是对你忽冷忽热。他心血来潮的时候，就甜言蜜语，礼物加玫瑰轰炸你，殷勤得要死。可一说到原则性问题，他必定躲闪回避，从不敢给你任何肯定的讯息。你不是他的女朋友，却要为他二十四小时开机。你付出得越多，他越是得意。

不得不承认，这世上有很多男生喜欢玩暧昧的把戏，也很会玩这种把戏。他们把谈过多少次恋爱当作酒后的谈资，把泡过多少妞当成是炫耀的资本，并且还不知羞耻地说："怎么了，我享受，她不也享受了吗？大家各取所需，何必非要搞到谈婚论嫁？”

好吧，如果你不幸遇上这种暧昧高手，一定不要对他抱太多希望。因为他可能只会白白消耗掉你对爱情的幻想、期待和热情，到最后往往会打着“不是不爱你，只是不得已”的幌子离你而去。

暧昧不是罪，但它一定有毒。想要少沾点毒，就真的要少抱点幻想。

有个女生在一家公司做到了不错的职位，但就是一直没有男朋友。有个男客户一直跟她关系挺好，两个人常常在QQ上聊天，有时候临睡前还发个短信、道个晚安什么的。下雨了，那个男生也会提醒她记得带伞什么的。女生认定这个男生对自己有意思，于是鼓足勇气约他看电影，男生也没拒绝。谁知道电影看到一半，男生的女朋友打电话来有急事找他，男生只好匆匆离去。

女生大发雷霆，认定他在欺骗自己的感情，回去后在QQ上给那个男生发了绝交信。她在信中说：“你都有女朋友了，还跟我说什么晚安！你都有女朋友了，还跟我看什么电影！你把我当成什么了！”

男生回答她：“对不起，对不起，我真的以为你跟我一样，只是想把业务做好一点而已。”

所以说，在暧昧面前，女生该有的矜持还是要有的，以免你一不小心误读了别人的信息，误会了别人对你的感情，陷进一段苦涩的单恋里拔不出来，还白白被人笑话。

你们的一切始于暧昧，也要勇敢地终于暧昧。对方要是真的对你有意思，如果你在他的爱情攻势下依然能够保持必要的矜持，更能让他觉得你是个充满神秘感的女生，也会对你更加有好感。

另外，暧昧对象也很重要。如果是少男少女彼此倾慕怎么都好说，谁伤了都大不了挥挥手从头再来。但如果对方是有女友甚至有家室的人，那你应当及早地结束这段不清不楚的纠缠。该拒绝时，一定要果断拒绝，越早脱身越是好事。

记住了，有妇之夫暧昧不得，名草有主暧昧不得，大众情人暧昧不得，老师长辈暧昧不得。总之，面对暧昧，你一定要擦亮自己的眼睛，看清楚什么是真爱，什么是诡计。你不必苦苦追问他是不是喜欢你。如果他真的喜欢你，他会比你更怕错过，会比你先鼓起勇气大声表白，你又有什么好担心的？

还有一些女生自诩“少男杀手”或“万人迷”，凭着出众的样貌同时周旋在不同的男人之间，大玩暧昧，以满足自己的虚荣心和欲望，沉溺在这种没有承诺保护的游戏中扬扬自得。她们往往以为自己冰雪聪明、胜券在握，有足够的本事把男人玩弄于股掌之间，殊不知这是引火烧身，当下的每一次放纵都可能变成未来一笔无法偿清的债。

我认识的一个女生就是这样。她已经有了男朋友，却还和好几个男生保持着不明不白的暧昧关系。她深夜常常会收到那些男生的短信，她的男朋友知道了很不高兴。不过，最后她总有本事说得她的男朋友对自己的行为深感抱歉，眼泪直流，深觉自己心眼小、素质低、不懂爱、配不上她。可是，等到她真正想结婚的时候，她的男朋友思前想后，却不愿意了；跟她暧昧的那些男生，也统统躲得老远。因为谁都害怕，自己的头上会戴上一堆闪闪发光的绿帽子！

女生一旦放纵自己，比男生还可怕，因为女生天生比男生细腻，更懂得如何利用自己的美色作为武器。暧昧所带来的快感迟早会幻灭，过分快速建立的关系一旦破裂同样迅速。你越是在感情上漫不经心故作老手，越代表你害怕受伤且脆弱不堪，而你真正渴望的爱情，也只会离你越来越远。

Tips No.39

● 等爱的女孩必须练就一双慧眼，要看明白别人是真的想跟你谈恋爱，还是只想跟你玩一玩。

● 有妇之夫暧昧不得，名草有主暧昧不得，大众情人暧昧不得，老师长辈暧昧不得。总之，面对暧昧，你一定要擦亮自己的眼睛，看清楚什么是真爱，什么是诡计。

秘方 NO.40

想彻底改变你的那个他，先把地球自转方向改了

有个小姑娘经常给我写信，每一封信都几乎是同样的内容，无非是生活里鸡毛蒜皮的小事，她却难过得要命。她说："不是说爱情有改变一个人的魔力吗？为什么我为他改变了，而他却不肯为我改变半点？以前我很爱逛街、看电影，他不喜欢，我就很少去了。他喜欢窝在家里玩游戏，我不喜欢，他却从不肯为我少玩一秒。这样的爱情，公平吗？"

公平？你当爱情是生意？

姑娘，在你总是追问为什么他不为你改变之前，你先问问你自己："我为什么会为他改变？"

你说，因为你爱他。你生怕不按他的路子来，你会失去他。所以，你改变是你心甘情愿，这是你的选择。至于他会不会为你改变，那是他的选择，你不能代替他做决定。就像在土地里撒下

一颗种子，它发不发芽、开不开花，你还真不能完全把控。

爱情的确是会改变一个人，只可惜很多女孩都只会抱怨胡子、头发、眉毛等这些琐碎的表面细节，而忽视了他骨子里真正的改变。比如你喜欢看书，他也默不作声地开始喜欢上了阅读；比如你不喜欢吵，他开低了电视机的音量；比如你喜欢吃辣，他牺牲舌头也常常陪你去吃麻辣香锅；比如你热爱运动，一个宅男也开始时不时地陪你往健身房跑；甚至他的脾气、他的习惯，已经在慢慢为你改变，只是你心聋目盲，不知好歹。

当然，你也许会说，我要求他，还不是为了他好？他刮了胡子，客户看着舒服点，生意也好谈点是不是？我不让他熬夜看球，是希望他身体好，第二天上班不要迟到。我要他改掉那些臭毛病，还不是为了让他变得更完美，让他更具竞争力！

我想说，你的理想还真是太大了点呢！不错，好多人终其一生，都在寻找那个最完美的恋人，好像找到这样一个人，他们未来的感情道路就会一帆风顺。实在找不着，就梦想改造出一个现成的。然而现实是，看起来再完美的一对，也会在相处的过程中遇到种种问题。相反，多一些包容和迁就，少一些挑剔和埋怨，两个人的感情反而会更加牢固。

我看过一则感人的广告。在丈夫的葬礼上，神父问亡者的妻子有什么心里话要对她深爱的丈夫说，她说："今天我不打算在这里赞美我的丈夫，更不打算说他的任何优点，这些大家都听得多了。我想和大家分享一些也许会令我的丈夫感到不自在的事。你们听过早上刚发动的汽车的引擎声吗？大卫的打鼾声就像那样。不过，这还只是前奏，紧接着，他还会制造连绵不断的汽车尾部排气音效，有时声音大得连他自己也会从梦中惊醒。他还会问：'什么声音那么吵？'我总是说：'是狗在叫，没事，睡吧。'你们感觉很好笑，对吧？但当他的病情开始恶化时，这些声音却是对我的一种安慰，它们提醒我大卫还活着。如今，再也没有这熟悉的声音伴随我入梦了。人生就是这样，携手一生，记忆最深的却是这点点滴滴的不完美，它们渐渐凝聚成我们心中的完美。我衷心地盼望，我心爱的孩子也能像我一样，在漫漫的人生道路上，找到一位像他们的父亲那样不完美的完美伴侣。"妻子刚开始讲述的时候，亲友们还时不时听得发笑，但等到她讲完时，所有人都已经泪光闪烁。

很显然，你的朋友不可能因为你长了一颗黑痣就跟你绝交；同样，你的恋人也不可能因为你普通话说得不标准就跟你分手。我们都不是童话里的人物，我们是现实世界里的人，我们有优点也有缺点。我们不完美，但我们真实。

我们在这个星球上相遇，并且真实地相爱着，为彼此成为更可爱、更值得被爱的人，还有什么比这更浪漫的呢？一个人总会有自己的生活习惯，既然做了恋人，就应该相互包容，不要一遇到小摩擦就歇斯底里，一遇到小磕绊就咬定对方不够爱你。他让你看不顺眼的那些地方，如果无伤大雅，你装傻或闭嘴，会让他更加珍爱你。

说到底，改变这种事是强求不来的。因为两个人的相处过程，是一个慢慢磨合的过程，改变应当是自然而然发生的，而不是你去“要”来的。爱情这种东西，像极了某种高端机器，它随时都处在全自动模式中进行自动调节。不要再说男友不为你改变，更别再说他不改变就是不爱你。有句话怎么说的来着？两个人的频道调不到一起怎么办？要么忍，要么狠，要么滚。

你选哪一个，看你的本事。

Tips No.40

- 我们在这个星球上相遇，并且真实地相爱着，为彼此成为更可爱、更值得被爱的人。
- 他让你看不顺眼的那些地方，如果无伤大雅，你装傻或闭嘴，会让他更加珍爱你。

秘方 NO.41

有时候他离开你，
真不是不爱你，只是想喘口气而已

某年春天去某所大学做讲座，接待我的是一个叫佳佳的女生。我去得有点早，佳佳在休息室里陪着我。她学的是表演专业，人很大方，也很健谈。或许是怕我寂寞，她一直在给我介绍她的学校及她学的专业，并说她很希望毕业后能够去做一档生活类节目的主持人。

“生活类？起码要会做菜哦。”我说。

“我会做很多菜，”她说，“有机会做给雪漫姐姐吃。”

“真的吗？”我说，“可是很多女孩子都只会煮方便面啊！”

“说实话，我开始学做菜是因为我的前男友。他很瘦，说食堂里的菜没味道。我家离这里近，我就常常跑回家，烧了菜带给他吃。不过很可惜，我们还是分手了。雪漫姐姐，你说那些美好的爱情，是不是只存在于你的小说里呢？”

我们的谈话进行到这里时，推门进来了一个男生，长得干净帅气，很有礼貌地跟我打招呼，并告诉我我收到的那份学校邀请函，是他拟稿并发出的。

他说："那个月我连着写了五六封信，很幸运，终于被你们的工作人员看到了。她回信让我们等待，说会尽量争取安排。我们等了半年多，终于等来了饶老师，真是挺不容易。"

"是啊！"佳佳插话说，"等到男友变成了前男友，饶老师您要是再不来，那就要从前男友变成别人的老公了。"

男生看了佳佳一眼，从他眼神里的意味，我就已经猜出了这两个人之间有故事！

果不其然，紧接着，我就免费欣赏到了一场两个学表演的孩子之间精彩绝伦的唇枪舌剑。

先是男生说："悠着点，你好不容易盼来了你的偶像，不要在她面前丢人现眼！"

"我怕什么！"佳佳朝他吼，"丢人现眼的事我做得还少吗？你的一日三餐，哪一餐不是我在管？我巴巴地把饭送到你嘴边，求你多吃一点，你还傲慢地说：'谢谢你，我是人，我不是猪。'

"你喜欢吃排骨，我怕你吃腻了，就学了好多种做排骨的方法，变着法做给你吃。你们宿舍的男生只要看见我，就站成一排给我敬礼，大声叫我'大排厨娘'，还有比这更难听的外号吗？

"你有事没事成天挂在网上，手机三天两头就没话费了，没

了我立马就给你充上，充完了给你打过去，你还冲着我吼：‘烦不烦啊，我是停机，又不是死机！’

“你喜欢什么不行，偏偏喜欢在三号楼那个破天台看书，说什么那里的星空高远、夜色温柔。我有恐高症啊，可是有什么办法呢，你文艺，我就舍命陪君子呗。夏天蚊子多得要死，只咬我，不咬你。你还说是因为我的血比你的有味道，好吃！什么味道，麻辣的还是五香的？你有没有人性啊？！

“大冬天的，我在男生宿舍替你洗被罩，刷你的臭球鞋，宿管阿姨看到都无比同情地对我说：‘你这又当女朋友又当妈的，多不容易！’我不掉两滴眼泪都对不起她的同情。

“现在都什么时代了，高铁五个小时都从北京到上海了。春节我陪你回老家，你为了省钱，买了个比乌龟爬得还慢的火车，还说什么只要咱俩在一起，时间再长也没关系！那你好歹也买个卧铺啊，还买个硬座，硬是让我活活坐了三十六个小时。三十六个小时啊，两千一百六十分钟，十二万九千六百秒，你不知道我从小脊柱有毛病做过手术啊？下了车，我连路是怎么走的都差点忘了，你还只顾行李不顾我，说什么‘在学校也没见你这么娇气啊，原来骨子里还是个千金小姐’！

“雪漫姐，他就是一个极品，我强烈要求你把他写到你的书里，让全世界的人都来唾弃他！”

佳佳刚住嘴，男生很快就接上了：“佳佳同学，既然你这么不给我面子，也就不要怪我不客气了。

“你倒是问问你偶像，让谁连着三个月吃排骨，他能吃不腻？我知道，你肯定会说，你是变着法做的！可是你再变，它也是排骨，也变不成西红柿、变不成黄瓜啊！这跟香菇炖鸡面、红烧排骨面和老坛酸菜面都是方便面一个道理！这么简单的道理，你为什么就弄不懂呢！

“我手机的话费是包月的，还不都是和你联系花没的。在一起还好，不在一起的时候，你哪天不是五分钟一个电话、三分钟一个短信？我忙着没时间接，之后打过去，你没什么别的要问的，张口闭口就是：‘你在哪里啊？你跟谁在一起啊？’我就是想跟天仙在一起，也没空飞上天啊！短信没及时回你的，你马上发过来另一条：‘你到底爱不爱我啊？为什么不回我的短信啊？’我也有我的急事，你留点时间给我行不行啊？

“还有啊，你有事没事就查我的手机还有我的 QQ 聊天记录。我妈在 QQ 上问我一句：‘你这两天睡得好吗？’你就问我，你到底跟哪个人在一起睡过觉？我说那是我妈，你说我骗你，我妈怎么可能会起一个网名叫‘青山依旧在’，最多也就是起一个‘几度夕阳红’啊！喂，我妈起什么网名我爸都管不着，你管得着吗？

“你和三个姑娘去逛街，非要拖着我，说什么我帮你拎东西你倍儿有面子！好了，逛到最后你们几个姑娘在美甲店做指甲，我一大老爷们坐在门口替你们‘看摊’，谁走过我身边都多看我一眼。更有个奇葩，指着你们买的一大堆彩色丝袜问我这个卖多少钱！

“我去楼上看书，就是想你怕蚊子，不想让你成天跟着我，谁知道你宁愿被咬也不愿让我清静一秒。我春节回家，不想让你陪才故意买硬座的。我都说了，我就回去一个星期，我家远，不方便，天气又冷，我怕你去了不习惯，冻着你。我都答应你尽快回来了，你非不干，硬要在网上多订一张票。你以为我愿意让你吃苦啊，是你非要自讨苦吃才对！

“我看雪漫姐应该写你的故事才更好看，名字我都替她想好了，叫‘极品女逼出极品男’！”

男生说完，愤怒地看了佳佳一眼，又抱歉地看了我一眼就出去了。

那天的讲座，我特别讲到了一个话题，叫“爱的空间”，并跟大家分享了一个很老套的心理游戏。我把两个充满气的气球分发到在场的两个人的手里，男生拿的是蓝色气球，女生拿的是红色气球，然后让他们把两只气球放进一个透明的塑料方盒里。男生和女生分别用力踩动充气泵给气球充气，两个气球都更鼓了，紧紧贴在一起，慢慢填充满了整个盒子。最后，只听啪的一声，两个气球都破了。

在爱情里，两个人就像这两只气球，如果一方膨胀过快，想要控制和占有另一方，彼此之间没有足够的空隙，这种亲密迟早会破裂，伤人又伤己。

女生一直想黏着男朋友多半有两种原因：一是误认为黏着就是爱。你看，我一分钟都离不开你，这件事证明了你对我如同空气一样重要。但实际上这种证明完全没必要，就如同我们证明水是无色的一样无聊。二是因为不自信，生怕男生离开自己的视线就会做出什么背叛自己的惊天动地的事来。就像我知道的一对夫妻，老婆把老公管得铁紧，每天用多少钱和上下班的时间都规定死，手机每天必查，行踪必须汇报。老公受不了，想方设法把工作从白班换到了夜班。他并不是想出轨，只是想呼吸口自由的空气。结果上夜班半年后，他就跟一起上班的女同事发生了婚外情。

你说，这到底算谁的错？

爱情就像手中的沙，你握得越紧，它消失得越快。真正聪明的女生，不是靠爱捆绑对方，而是用自己的美丽去吸引对方。如果你能做到这一点，就算你赶他，他的眼睛也不愿意从你身上离开。所以，不要再抱怨，我那么爱他，为何他还要离开我。那是因为你的爱是橡皮糖，死死地贴住了他的两个鼻孔，令他不能呼吸。他离开你，有时候真不是不爱你，他只是要活命而已。

互动环节结束后，我看到佳佳第一个站了起来。她接过话筒，对着大家说道：“我要感谢今天所有来到现场的同学，谢谢你们跟我一起完成了我的梦想。一年多前，我认识了我的前男友，跟他成了恋人。他知道我喜欢雪漫姐姐，于是用尽各种办法邀请她来我们学校。今天，雪漫姐姐终于来了，可遗憾的是，我们却已经分手了。刚刚听雪漫姐姐讲完，我这才明白我错在哪里，原来我紧紧抓住的东西，也是我不知不觉中拼命推开的东西。我也终于失去得心服口服。在这里，我想当着大家的面对他说声‘对不起’。真的，对不起，是我太年轻，所以不懂得爱情。祝福你，希望你找到更好的女生，而我，也会努力变得更好。”

在热烈的掌声中，只见坐在后排的那个男生已经走到了前排，当着众人的面，无所顾忌地、用力地将那个哭泣的女孩紧紧拥进了自己的怀里。

此时，整个报告厅里响起了热烈的欢呼声。

你看，当你真正放下了你的占有欲，爱情就会这样神奇地再次降临。

Tips No.41

- 爱情就像手中的沙，你握得越紧，它消失得越快。

- 真正聪明的女生，不是靠爱捆绑对方，而是用自己的美丽去吸引对方。

秘方 NO.42

看好你的钱包，小心倒贴成为你会呼吸的痛

最近我的朋友小玉姑娘很烦，因为男朋友开口向她借钱，一共借五万块，借钱的原因是表姐要买车，钱不够。

小玉问我 :“借，还是不借？”

我首先问她 :“你有没有五万块？”

她说 :“我有四万块，还要向妈妈借一万块。”

“那你想借吗？”

“说实话，我不想。但是他跟他表姐感情很好。他小时候，他表姐经常照顾他。有一次他掉进河里，还是表姐把他救起来的。我的钱他都清楚的，我要是不答应，我怕他会不高兴。再说了，我也不想让他觉得我小气。”

问题就出在这儿了，为什么你口袋里有多少钱，你男朋友都一清二楚呢?

小玉做销售，参加工作还不到三年。工作谈不上特别辛苦，但也不轻松，一个小姑娘，经常坐火车、大巴车等奔波在出差的路上。她本身也很节俭，午饭常常就是一包方便面和一根火腿肠打发了事，上下班和约会能挤地铁绝不会打车。四万块啊，买成方便面怕是她一辈子都吃不完了吧，我真不知道她男朋友怎么开得了这个口？

我告诉她："不借。他要是因为这个跟你分手了，是你的幸运。"

她听了我的话，没借，最后男朋友还真跟她分手了。男朋友分手的理由超级狗血："我妈说你属狗，我属鸡，我们俩要是结婚了，一辈子鸡犬不宁。"

后来她才知道，买车的事是真的，但表姐是假的。所谓的"表姐"，就是他的现任女友。

别夸我眼神好，其实我压根没见过小玉的男朋友，不知道他是不是长了一张一看就会劈腿的脸。我就是知道，男的但凡有点出息，都不会因为"表姐要买车"这种理由而理直气壮地花光女朋友所有的积蓄。

电视剧早就教会我们，爱情里最美好的部分，金钱是参与不进去的。但是，偏偏爱情还是会迷住女生们的双眼，偷走她们的智商，让倒贴活生生成为她们会呼吸的痛。

很多女生一谈恋爱就喜欢给心上人送礼物，譬如送杯子代表一辈子，送皮带代表牢牢地拴住他。我不是说不要送礼物，但是送礼物要有个度。送得起，你也愿意送，没关系，他开心了你也开心。但如果是委屈自己饿了几个月肚子，还跟朋友借或骗爸妈，就是为了给他买一根爱马仕皮带，你难道不觉得你的脑子有问题吗？我知道，你很爱他，觉得只有送礼物才能表达你心中熊熊的爱火和燃烧的爱意。但是，如果你心里打定主意要陪那个人走一辈子，你向他表达爱的机会还有千千万万次，你急个啥！

有个女生家里十分有钱，是典型的富二代，上学放学都有豪车接送。她在学校里谈了个长得不错的男友，但是男友家庭条件不好。女生很爱那个男生，害怕旁人说三道四，于是费尽心思要把他打扮成富家子弟，从头到脚都给那个男生换成了名牌。刚开始男友很自卑，慢慢地，虚荣心作祟，好像也就习惯了这种级别的待遇，不仅对她送的名牌毫不拒绝，还背着她去勾搭别的有钱人家的千金。可怜的女生为了挽回这段感情，忍气吞声为男友刷爆了信用卡，欠了一屁股债，险些被老爸赶出家门。然而她更可怜的还在后面，最后男生甩了她，跟另一个有钱的女生去了国外。

付出真心，付出金钱，付出了这么惨重的代价，他还是离你而去。摊上这样一个男友，你怪谁？只能怪你自己太把男友当儿子宠，是你让他从一个穷小子一步步变成了一个贪得无厌的人。搞不好这个极品男某天被人甩了，还会冲回你身边，对着你一阵大骂："要不是你，我怎么会沦落到今天这个地步！"

亲爱的，我承认，在一定程度上，金钱是可以表达你的爱，让他明白他在你心目中的地位超越一切。但是你也得明白，金钱是买不回来爱的。它或许能买来一时的爱，但绝对买不回一世的。如果他真的想走，你纵是买下一座城池，或者送他天上所有的星星，他也绝不会因此而在你身边多停留一秒。

有钱没钱，无关风月。有爱无爱，铭心刻骨。

Tips No.42

● 金钱是买不回来爱的。它或许能买来一时的爱，但绝对买不回一世的。

● 如果他真的想走，你纵是买下一座城池，或者送他天上所有的星星，他也绝不会因此而在你身边多停留一秒。

秘方 NO.43

别怕分手，挥别错的，才能与对的相逢

有一个女生叫安妮。

在很多人眼中，她真的是特别倒霉。她谈过三次恋爱。第一次她十七岁，遇到一个不良老师，那人骗了她不说，还差点断送了她的学业；第二次她二十岁，遇到一个已婚男，当了人家两年的地下情人，差点被人家的老婆开车撞死；第三次，她找了个看上去特别老实的人，打算踏踏实实地结婚过日子，没想到那男的骗光了她所有的积蓄，消失得无影无踪。

就是这姑娘，很多人都觉得，她不会再拥有什么美好的爱情了。可是，就在前两天，她结婚了，对方是个名副其实的高富帅。她小鸟依人，幸福得要命。

那天，在座的宾客都听到了最感人的新娘感谢辞。她是这样说的："感谢我的父母，给我生命，让我来到这个世界；感谢我的爱人，愿意用他的爱，陪我走完未来的人生；感谢我以前所爱过的那些人渣，让我变得成熟、坚强、懂事。但我最最要感谢的人，是我自己。亲爱的安妮，在你人生无数次最最悲伤和绝望的时候，你没有倒下，而是一次一次地告诉自己幸福总会来临。最后感谢上天，因为，我等到了。”

很多在爱情里受了点伤的女生都会对我说：“我恐怕再也不能爱了。”但事实是，只要你像我上面说的那个女生一样，在被爱情开了玩笑以后不放弃自己，还坚持着努力地让自己活得更精彩，爱情总会在某个出其不意的转弯处等着你。也许今天你还在为自己的一颗少女心没有着落而惆怅无比，但是明天，你就可能已经遇到了你的 Mr.Right。

我的信箱里还躺着另一个女生的信，信是这样写的：“雪漫姐，我和我现在的男朋友认识七年了。在这七年里，他劈了无数次腿，骗过我无数次。我无数次地想要放弃，但是你的小说不是一直在教我们要坚持爱下去吗？只要坚持，就能修成正果。雪漫姐，我真的撑不下去了。你能不能告诉我，我的正果，到底哪一天才能修成呢？”

我能不能说，你真的误读我的小说了。那些在小说里坚持着爱的主角，最起码的一点是，他们是真心相爱着的啊！就算是《离歌》里一直在伤害马卓的“毒药”，他最后选择的，不还是留在马卓的身边吗？

你要记住，你的人生是纪录片。它一定不是小说，更不是电影。人生那么漫长，能一次恋爱就白头偕老的，毕竟是少数。更多的人，都要在一段段感情里摸索、摔跤、历练，然后慢慢成为一个懂得爱、学会爱的人，包括正在电脑前奋笔疾书为你们答疑解惑的我。

爱错了人？太正常了。

谁能保证你运气好到只谈一次恋爱就成功，不受一点伤害呢？没有谁。爱情是一种学习，是一个过程，那些伤害和挫折，就是来帮助你更快地成长的。那些跟你擦肩而过并给你上过一堂“伤心课”的人，你真的要感谢他们，是他们的伤害、他们的离开，才让你明白了爱情的真相。

同时，我还要很遗憾地告诉你们，并不是所有的爱情都能天长地久。

所谓天长地久，是要两厢情愿的。强扭在一起的爱情，终有一拍两散、伤得更重的那一天。该放弃时勇敢地放弃是一种智慧。到了该告别的时候，莫沉迷，更莫自欺欺人。你要相信，你离开一个人，他不会死；任何一个人离开你，你也不能死。千万不要抱着“忍一忍就能熬到幸福的彼岸”这种幼稚的想法，最后把自己拖到绝境里去。

不要怕分手，也不必守着一份虚无的诺言苦撑着扮演爱的圣女，你没有你想象的那么勇敢和伟大。记住，如果分手是他提的，不要去问分手的原因。有句话说得很好，分手的原因只有两个，他不爱你或者他不想再继续爱下去了。你问到结果又怎么样呢？他还不是该走就走，你还不是得在夜里数着伤痕独自等到天亮？

相信我，失恋真的不会死人。

哭一场，睡一觉，当你醒来时，就只当是做了一场噩梦。然后，你可以带着你干干净净的心，再去爱，像从来都没有受过伤一样。

Tips No.43

● 在被爱情开了玩笑以后不放弃自己，还坚持着努力地让自己活得更精彩，爱情总会在某个出其不意的转弯处等着你。

● 并不是所有的爱情都能天长地久。

● 到了该告别的时候，莫沉迷，更莫自欺欺人。

秘方 NO.44

你离“前度”有多远，你就能有多幸福

分手了，还能不能做朋友？

坦白地说，如果当初爱得不够深，也许是可以的。

倒不是说分手后的恋人就应该老死不相往来，而是，如果有任何一方没打算为过去的爱坚守一辈子，“前度”这种生物，还真是只适合怀念，不适合碰面。

小柔是我的朋友，各方面都很优秀，和前男友分手是她主动提出来的。因为她觉得那个男生什么都好，就是没什么上进心，担心以后跟他过日子会很辛苦。但是，分手之后，她又患上了很明显的“前男友依赖症”，隔三岔五就找点事去麻烦麻烦对方，有事没事还发发短信和打打电话。前男友挺配合，从来没有拒绝过她。有一次她很自觉地问我：“我这样做是不是不太好？”

我问她：“你还爱他吗？”

她说："说实话我不能确定。就是我们在一起的时候，他挺照顾我的。我觉得吧，我就是离不开那种被他照顾的感觉。"

"那你就离他远点，不然害人害己。"

小柔听不进去。或者说，道理她都明白，但就是管不住自己。终于，前男友恋爱了，找了新的恋人。没过两天，小柔就收到了他现任女友的短信，警告她离自己的男朋友远一点。

好了，原本属于自己的东西现在完全属于别人了。小柔受不了。她在网上找到这个女生的资料，一看更是火冒三丈。这女生，没一点能跟她比，居然还敢骂她！她真心气不过，决定来一场争夺战，抢回自己的男朋友，给那个嚣张的女生一点颜色看看。

小柔和前男友在一起将近三年。在这三年的时间里，小柔都是将前男友吃得死死的，分手前，前男友也是再三挽留。所以，她认为只要她肯委曲求全，一定能挽回旧爱。

我问她："挽回后，你怎么处理呢？"

"再试着开始呗。"她说，"其实我现在发现，他也没那么差。"

"那是因为，别人的东西总是好的。等回到你手里，你就会发现，他还是他，身上的毛病依然在，而且说不定会让你更加受不了。"

小柔又没听我的。她打扮得漂漂亮亮，约前男友"出来谈谈"。她特意选了他们初次相遇的地方，准备跟前男友好好地重温一番旧梦。谁知道前男友竟然带着新女友来赴约，一坐下就对她说："我承认我们爱过，但是事实证明那份爱是失败的。我不希望我们的旧感情影响到我这份新感情，所以，我今天特别带了我女朋友来。她以前骂过你，我替她给你道歉，'对不起'，她以后不会了。"

"你让她自己跟我道歉！"事情的发展超出小柔所料，她气得浑身发抖。

前男友笑着说："她是我的女朋友，如果不是因为我，她也不会和你发生冲突，这是我应该为她做的。我再说一次'对不起'，也希望你以后不要再打扰我们的生活。"说完，他拉着那个其貌不扬的女生扬长而去。

小柔这才死心，终于决定彻底告别过去。现在的她，已经有了新的男朋友，是个优质男生。她很庆幸自己没有吃回头草，不然也没法拥有今天的幸福了。

还有一个女生特别逗，她伤心地告诉我："我的前男友压根就没爱过我，他就是一个骗子！"

"为什么？"我问她。

"他昨天居然在微博上写：番茄炒蛋，再吃就要吐了！"

"可是这跟你有什么关系？"

"我们在一起的时候，他夸我脸红红的很可爱，就给我起了个外号叫'小番茄'。他这句话的意思明明就是说，一想起我来就想吐！"

我只能说，姑娘，你还真是想多了。你是活在某种“他还没有忘记我”的臆想里，所以才会觉得他说的每一句话，做的每一件事，都跟你有着千丝万缕的联系。但事实是，他已经是新的他，而你还是原来的你。你陷在过去的回忆里自取其辱，真没什么值得同情的。

不管是什么原因分了手，你都需要记住：分手之后，前男友就不再是你的恋人了。当你确定这个人已经完全走出你的生活，那么他的一切都与你无关。分手后的恋人，各担荣辱，各自天涯。记住，姑娘，不管少了谁，你的人生总还是要继续的。

当过去已成过去，你离“前度”有多远，你就有多幸福。

Tips No.44

- 如果有任何一方没打算为过去的爱坚守一辈子，“前度”这种生物，还真是只适合怀念，不适合碰面。
- 分手后的恋人，各担荣辱，各自天涯。
- 记住，姑娘，不管少了谁，你的人生总还是要继续的。

秘方 NO.45

你们的爱情再伟大，
也要找到一个可以安放的地方

“雪漫姐，我谈恋爱了。可是，这场恋爱不能公开，原因是他有女朋友。只是最近我有些坚持不下去了，因为他女朋友生病了，他几乎天天都陪着她，连给我发个短信的时间都没有了。我不甘心，你告诉我，我是该继续，还是该挥别？”

“雪漫姐，我最近喜欢上了我的上司，他也特别特别喜欢我。他有老婆，可是，他说他们之间根本没有感情，他就是为了儿子才勉强维持那个家。可是我不年轻了，我能不能要求他离婚？”

“雪漫姐，我爱上了我的音乐老师……”

在我的信箱里，这样的信随手就能翻到几封。不可否认，禁忌之爱充满了神秘，充满了挑战，充满了很多未知的可能。但飞越荆棘的青鸟，难免会受伤。你一定要想明白，你能否承受得住这样的伤。

被爱情烧昏头的女生们往往都会毫不犹豫地回答我："为了爱，粉身碎骨，在所不惜。"

等等，在你说出这样的豪言壮语之前，先来听我讲两个小故事。

第一个故事，女主角叫小艺。二十岁那年，美丽温柔的小艺爱上了一个老男人。老男人谈吐风趣，事业有成，又很会哄女孩子，很快就赢得了小艺的芳心。没过多久，小艺就住进老男人为她买的房子里，过起了二人生活。三年后，小艺生下了一个可爱聪明的小男孩。因为和自己的妻子没有孩子，老男人特别钟爱这个儿子，小区里不知道底细的人，都认为他们是非常幸福的三口之家。

老男人说他不离婚的原因，是妻子患有抑郁症，他不想再令她难过。小艺也从来不逼老男人离婚。她深信，只要她坚持着、深爱着，总能等到自己的幸福。

然而令小艺无论如何都想不到的是，一天，两岁半的儿子突然失踪了，她遍寻不着。两天以后，在一个宾馆的房间里，警方发现了两具尸体，死者不是别人，正是老男人的妻子和小艺的心肝宝贝。

尸体旁边的纸上有这样一行字："不要责怪我毁掉了你们的幸福，是你们先下手的。"

另一个故事，女主角叫阿莲。阿莲十七岁的时候，和她的美术老师相爱了，两个人的关系发展得很快。世上没有不透风的墙，这件事很快被学校知道了，美术老师被开除，阿莲被劝转学。

为了表示对世俗的反抗，阿莲选择了退学，且不顾家人的反对，和美术老师一起私奔到江西某个小镇，在镇上租了一个小屋，过起了柴米油盐的同居生活。美术老师凭着一技之长开了个小画廊，因为风格独特，深得游客们的喜爱，生意渐渐红火。阿莲怕被家人带走，总是控制自己不要跟家人联系。

半年后，阿莲回到家，却只看到父亲的遗像。原来，自她走后，父母一直都在寻找她。就在去美术老师老家的路上，父亲乘坐的中巴车不幸翻入深谷，全车人都遇难了，无一人幸免。

很多女生都认为，爱情说到底是两个人之间的事，只要你情我愿，与其他人有何关系？

但其实，你们的爱情再美好、再执着、再幸福，也需要找到一个地方来好好安放。你将它放在那里，它不会影响其他人，不会妨碍别人的幸福，你们才能真正做到现世安稳。但遗憾的是，所有突破世俗的禁忌之爱，都很难找到或者说根本无法找到这样一个安放之地。它往往在你自以为胜券在握的时候，出其不意地毁掉你的一生。

关于爱情的计算方式，一定不是以时间为标准的。相伴三十年，但是情不投、意不合也完全没有用；而有的爱，只需短短一瞬，便已经超越永恒。实在不能，又何必非要在一起？

那些正在禁忌之爱中徘徊的女生，如果你的幸福是开在别人伤口上的鲜花，请一定三思而后行。

Tips No.45

● 飞越荆棘的青鸟，难免会受伤。

● 所有突破世俗的禁忌之爱，都很难找到或者说根本无法找到这样一个安放之地。

● 它往往在你自以为胜券在握的时候，出其不意地毁掉你的一生。

秘方 NO.46

面对闺密的爱，“不过问”往往是最好的支持

有个姑娘，她的男朋友是人见人爱、帅气到爆的“校草”，她也因此成为学校里很多女生羡慕的对象。但是爱情这种事还真没法买保险，一夜之间，“校草”同学公然抛弃了她，和别的女生好上了。于是，流言和猜测将她紧紧包围，安慰者、八卦者，一拨一拨围绕在她身边，她的心情真是越来越坏。没办法，她只好离开学校躲回了家里。

第二天一大早，门铃响了。她打开门，却不见人，只见门口放着一个保温桶，里面是粥，还有她最喜欢吃的霉干菜包子。保温桶上面放着一张简单的字条，上面写着：每个新的早上，都是美丽的开始。亲爱的，只要你愿意，幸福从未走开。

她熟悉这字体，这是她最好的闺密留下的。她们从十岁起就一起长大，了解彼此如同了解自己。也唯有闺密懂得，此时此刻，

一顿可口的早饭，胜过所有。

她喝完粥，吃掉包子，给闺密打电话说："来，陪我逛街去。"

我记得宋丹丹曾经写过一条微博，转发率相当高。她提到了一种朋友：当你需要有人分享喜悦的时候，他不见踪影；当你只想一个人好好静一静的时候，他就横路杀出，恨不能将你从头到脚都问候一遍，丝毫不顾忌你是不是愿意再一次次地揭开伤口让他给你上药。这样的"好姐妹"，你想不想要？

再好好想一想，自己是不是也曾在不知不觉中变成了这样的"致命"好友？

施施有一个从小到大的好朋友叫小吹，两个人的关系特别好。半年前，小吹交了一个男朋友，人挺一般的，她也总是喜欢在施施面前数落男朋友的各种不是。几个月下来，他们俩分分合合、吵吵闹闹，但就是分不开。施施越来越看不懂小吹，心想自己将来肯定不会这么谈恋爱。

有一天，小吹过生日，一群好朋友出来玩。大家本来玩得挺开心的，谁知道在饭桌上小吹和她男朋友又因为小事发生了一点口角，那个男生居然拿起筷子就要砸向小吹。施施激动地站起来替小吹拦住了他。本来事情可以到此为止了，可施施觉得，这是一个替好朋友出气的好时机。于是，她站起来，开始当着所有朋友的面骂那个男生不负责任、花心，还老跟小吹借钱用，不像个男人，等等。施施本来以为小吹一定会被她的义气感动到无以复加，谁知道小吹竟然喝令她闭嘴，并用力将她拉出了饭店，让她一个人先回家去。

“你不要这样啊！这种男人，我不帮你收拾，你就要被他欺负一辈子的！”

“这些不关你的事！”小吹哭着对施施说，“他是我爱的人，你就不能为了我，给他留点面子？”

“那我和他到底谁重要？”施施说，“要么你跟我走，要么你回饭店，你想清楚了，今天只能挑一个！”

小吹只看了施施一眼，然后头也不回地走回了饭店。

一直以来都自诩为“天下第一好闺密”的施施面对小吹的“背叛”行为震惊不已，受伤至今。但是她始终没明白的是，一开始错的就是她，是她以好友的身份介入了小吹和她男友的爱情中，充当他们爱情的法官，却忘了爱情这种事永远只能是两个人的事，第三个人不管以什么角色参与进来都是多余的。

女孩们，闺密们的爱情你可以倾听，也可以适当去评论，但有一样万万做不得，那就是去评论人家男朋友的人品或者道德。她的男朋友，她怎么骂都可以，但你不能骂；她怎么损都行，但你不能损。不要以为恋爱中的女生真的昏了头，其实很多时候她们只是假装看不见罢了。女孩子对闺密抱怨男友不好，归根究底只是一种倾诉和发泄。正是因为你们之间有这般友情，她才会毫无顾忌地对你倾吐一切。她对你的要求如同范玮琪那首歌中所唱的一样：“你知道我所有丢脸的事情，却为我的美好形象保密。”

所以，你大可不必做包青天明辨是非，也无须当她的战友加入她的骂战。毕竟，爱情这件华服美衣，冷暖自知，是否合身、是否舒适，也终究只能由穿衣的人来决定。

在她失恋的时候，你真的不需要说太多的话。但你可以在她悲伤的时候给她买一杯咖啡，在她流泪的时候为她递上纸巾，在她孤独的时候陪她坐到天亮，这些都会是她最大的安慰。

Tips No.46

● 爱情这种事永远只能是两个人的事，第三个人不管以什么角色参与进来都是多余的。

● 爱情这件华服美衣，冷暖自知，是否合身、是否舒适，也终究只能由穿衣的人来决定。

秘方 NO.47

除了爱情，你的生活中还有其他重要的东西

那天，有一个女生到我的公司找我，等了一天就为了跟我说一会儿话。我刚一坐下，她就哭了起来，边哭边说：“我男朋友跟我分手了，我们在一起五年！我什么都给了他，可他还是要跟我分手。我哭了两个月还是没法忘记他，雪漫姐，你说我该怎么办？”

看在她等我这么久的分上，我耐着性子听她絮絮叨叨说了近一个钟头。她从两个人在大学的浪漫相遇讲起，一直讲到毕业时她为男友放弃保研、北漂三年的痛苦经历。说到最后，女生已经泣不成声，几近昏厥。

在她好不容易平静下来、擦干眼泪以后，我递给她一张白纸和一支笔，对她说道：“你说你把什么都给了他，那你能把你给他的东西都写在这张纸上给我看看吗？”

“你是说送给他的礼物吗？”她问我。

“随便。”我说，“你能想得起的你对他所有的付出，都算。”

过了一会儿，她把那张纸递给我。我看上面写着：很多衣服，很多包，很多吃的，大三上学期的学费，大三到大四每学期回家的火车票，五年来每天早上雷打不动的早餐……

“雪漫姐，太多了，这张纸根本不够写。”她说。

“不用这么具体。”我说。

她貌似恍然大悟，又低头写了一会儿。我再一看，这回写的是，我的真心，我的青春，我的前途，我的爱情梦……我的一切的一切。

“一定还差什么。”我摇着头说。

看她一脸茫然的样子，我提醒她：“你的挑剔，你的任性，你的坏毛病，你的怀疑，你的痛苦……说实话，有还是没有？”

她沉默了。

女孩们总喜欢用“我把一切都给你”的方式来表达对男朋友的爱和忠诚，却往往不想这“一切”到底是哪一些，有没有价值，是不是他真正想要的。面对他真正想要的，你给不给得起？

在享受爱情的同时，女孩子们依然需要去提升自己、完善自己、充实自己以及追求一个更好的自己。你想想看，如果你们认识总共五年，五年前你能给他的是这些，五年后你能给他的，还只是这些，并且还要不可避免地“附赠”那么多他不愿意要的。

你觉得，他会对你常保新鲜感吗？我想，任谁都做不到这一点吧。

我有个朋友，在摄影方面特别有天赋。我认识她的时候，她刚开始做专业摄影师，经验不多，但是作品实在令人惊艳。有好几次，我想请她帮我拍片还排不上她的档期呢！就是这样一个一定会大放异彩、成为业界翘楚的女生，却在很年轻的时候就选择结婚生子，从此“隐退”。

后来，我曾遇到过她一次，问她为什么不再做摄影师。她笑着说，她现在不用担心挣钱养家这种事，所以不想那么辛苦了。

“那你喜欢现在的生活吗？”

“挺好啊！”她很高兴地回答我。

好几年过去后，有一天，她忽然在QQ上找我，问我能不能找本书的插图给她拍一拍，因为她实在是闲得无聊了。

我答应了她。

但是我等了很久，也没等到她的作品。我打电话过去催，她很不好意思地对我说：“拍不好，怎么都拍不好，感觉不一样了。好几年过去了，想再拿起相机却又觉得自己不再有年轻时候的那种激情了。好像丢了什么，再也找不回来了。”

“没关系，”我安慰她说，“慢慢来。”

“雪漫姐，”她说，“说实话，我以前觉得你很傻，有那么幸福的家，也有钱，为什么还要拼命地工作。但是现在我明白了，其实，有些事情，并不是为了钱才做的。特别是女人，真的不应该轻易地放弃自己的事业，让自己变成一个轻飘飘的纸片人。”

的确是这样。我很反对女孩们除了爱情之外，没有爱好，没有追求，没有自己的事业。对于女孩子来说，拥有一个自己的爱好，你就有了支撑，你与生活也就有了一种奇妙的联结。不论爱人如何，工作如何，只属于你的独立的精神气质和独立的经济能力才是能够持续不断地给你带来生活热情的东西。也只有这些才能让你的爱人觉得，不管过去多久，你对他的吸引力一直都没变过，甚至会令他越来越着迷。

如果你做到了这些，即便有一天失去了爱情，你也不会失去人生的全部意义。

Tips No.47

- 在享受爱情的同时，女孩子们依然需要去提升自己、完善自己、充实自己以及追求一个更好的自己。
- 对于女孩子来说，拥有一个自己的爱好，你就有了支撑，你与生活也就有了一种奇妙的联结。即便有一天失去了爱情，你也不会失去人生的全部意义。

秘方 NO.48

爱情是自己享受的，不是拿来晒给别人看的

最近有个著名的“石头门”事件。两个有名的演员公开恋情之后，女方晒起了男方送的一颗“从路边捡来”的心形石头。但照片刚公布不久，男方的前女友也晒出了同样的心形石头，并公开质问男方：“你是批发了一堆吗？”

曾经让很多粉丝心动不已、追捧不已的明星爱情，此时此刻，分明变成了一个笑话。

晓群是我的朋友。过生日那天，她在微博上发了一张和男朋友的亲密合影，还非要男朋友转发。转发词她都替他写好了：“此生最亲爱的人，遇见你是我最大的幸福。我要一辈子抱紧你，永远不与你分开。”

可惜男朋友不肯转，理由是太肉麻了，会被朋友笑话。

为这事，两个人闹了别扭，好好的生日活动也取消了。晓群哭着给我打电话说：“我要的不就是这么一点点小甜蜜吗，为什么他都不肯迁就我呢？今天还是我的生日啊！我平时也不会这么要求他。但他就是不肯，我觉得他心里有鬼！”

“最后一句话是重点。”我说，“其实你就是觉得他心里有鬼，所以才会这么要求他的是不是？”

晓群在电话那边沉默了一会儿，老实地回答我说：“我发现他最近跟他前女友有联系。其实，我就是想让他前女友看到这条微博，明白这个男人是我的，她抢不走！”

“那你觉得他对你好吗？”

晓群说：“反正我觉得他很奇怪，私底下对我总是非常好，但当着外人就好像总是差那么一点点。”

“说实话，是你不够自信。有外人在的时候，你对他的期望值也更高，希望通过他在外人面前的表现来证明他爱你。举个简单的例子，你平时自己在家倒水喝不觉得委屈，你朋友要是在，你就很希望他亲手倒杯水给你喝。但是，你想过没有，爱情是爱情，不是表演。私底下的体贴，永远都比当着外人的表演要实用。你自己想想选哪一个吧。”

“可是，转一下微博会死吗，为什么非要那么坚持？”

“不转会死吗？”我反问她，“为什么你非要那么坚持，就为了气他的前女友？可是你们的爱情，晒与不晒，都在那里，明明跟他前女友毫无关系啊！”

其实归根结底，你晒什么，往往就是你差什么。

有一次我去参加一个活动，认识了一个女生。我跟她不算很熟悉，但她开口闭口都在跟我说她的男朋友。吃饭的时候，一桌子的人，她也总是在找机会讲她男朋友对她如何如何好，如何如何体贴，听得我的助理特别羡慕，忍不住叹息说："我以后要是遇到这样的男朋友该有多好！"

我说："不用羡慕。但凡这样的，过不了多久就会分手。"

从心理学的角度来讲，那些老是希望告诉别人她的恋人对自己有多好多好的女生，实际上就是犯了一种病，叫作"恋爱强迫症"。但凡有点"恋爱强迫症"症状的人，多半对自己在对方心里的地位没什么信心——总觉得自己爱对方多于对方爱自己，总觉得对方会遇到比自己更优秀、更合适的对象，总觉得没了对方自己就活不下去……

内心强烈的自卑会表现成强烈的自尊，电话查岗、微博晒甜蜜等，都是为了借助别的力量来维持自己在恋爱关系中的一种尊严。潜台词就是，"看，所有人都知道，你是我的"！而事实上，这种方法不但无助于维持恋爱关系，时间久了还可能使对方反感。

爱情是用来自己享受的，他对你好你知道就行，何必非要告诉全世界？

爱情里最甜蜜动人的细节，拿出来与人分享就少了原本的滋味和意义，还白白送给外人对自己评头论足的机会。爱情若如高调燃烧的火，就算伤不到你，也总有燃尽的那一天；若如低调流动的水，就会源源不断，温润你漫长的一生。

Tips No.48

- 其实归根结底，你晒什么，往往就是你差什么。
- 爱情里最甜蜜动人的细节，拿出来与人分享就少了原本的滋味和意义，还白白送给外人对自己评头论足的机会。

秘方 NO.49

千万不要为了恋爱而恋爱，否则爱情会离你更远

女生吉吉说她最近恋爱了，但是并不快乐，因为她一直都不太喜欢那个男生。用她的话来说就是，她对他就是不来电！

我奇怪："不来电干吗非要谈这个恋爱？"

她给出的理由我听了更觉得奇怪："他追我追得很紧。"

"这叫什么理由？"

"以前没人追过我。"吉吉实话实说，"同宿舍的女生都谈恋爱了，一到双休日或过节时，宿舍里就剩我一个人，挺孤单的。"

可是，女孩子恋爱难道不是应该只有一个理由吗？那就是你爱他，他也足够爱你。为了恋爱而恋爱的那种，多半都是要狠狠地摔上一跤的吧。

我有个朋友叫桔子，快三十岁了，家在安徽农村。每年回家，

家里人就逼着她结婚。尽管桔子不想将就，但父母的反复游说和奶奶的以死相逼让桔子妥协了。某次相亲，她认识了一个男人，那个男人长得又矮又猥琐，职业也不大靠谱，对桔子还忽冷忽热。桔子身边的朋友都觉得他配不上桔子，劝桔子离开他。但让大家没想到的是，三个月后他们俩竟然闪婚了！而桔子结婚的理由竟然是“他是现在唯一愿意和我结婚的人”！

结婚之前，男人提出了很多不可思议的要求。一是因为他家条件不好，所以他不肯承担结婚的费用；二是婚后他想好好工作，所以每周只有周末能住在一起；三是桔子不能过问他的工作，不管发生任何事情，桔子都不能到公司找他；等等。面对这一系列“不平等条约”，桔子也想过退缩，但是又想到朋友可能笑话，家人可能质问，她还是硬着头皮忍辱负重地和这个男人领了结婚证，回老家匆匆办了几桌酒席了事。

婚后没多久，桔子就发现自己的丈夫原来有老婆和儿子，只是和原来的老婆没有领结婚证。他跟她结婚，仅仅是因为他们公司对已婚者有一些特殊待遇而已！这场婚姻其实从头到尾就是一个骗局，她完全被利用了。

明明知道真相的桔子却因为害怕面对离婚和父母的压力选择延续这段婚姻！又过了半年，那个男人卷走了家里所有的财物彻底离开了她。桔子想离婚都找不到人，后来没办法只好将那个男人告上法庭。就这样，婚还没离成，桔子先患上了抑郁症，今年年初不得不放弃自己在杭州的工作回老家养病，至今还未痊愈。

回头来再看看一些女生问我的那些问题。

“你不是总告诉我们，恋爱不是将来非要在一起吗？如果这个男的能暂时帮我解决一些问题不也可以吗？比如说，他有房子，我如果跟他住在一起，就不用租房了，反正他也没那么讨厌，我一个人也寂寞。”

“我已经经历了爱的起起落落，再也不想爱了，既然他爱我，我就接受了，以后就过平平淡淡的日子，难道不可以吗？”

姑娘们，别说我没提醒你们，和一个自己不喜欢的人生活在一起这件事，难度还真是蛮大的呢！

有时候，爱情是这个世界上最能“迁就”的东西。你因为爱他，可以将自己变得面目全非，只求他开心。与此同时，爱情也是这个世界上最不能“迁就”的东西。你如果不爱他，无论你用什么样的办法，都无法将那个不来电的人变成你的“亲密爱人”；你可能求得了暂时的安稳，却牺牲了你一辈子的幸福。

不可否认的是，爱情有时候真的做不到那么纯粹，总会附加上一些你不想附加的世俗的东西，比如金钱或地位。但是，真爱是你们将这份爱继续下去的唯一理由。少了这一点，爱的大厦外表再光鲜，也总有坍塌的那一天。

不要再问我，你到底要不要跟他谈恋爱。问你自己的心。因为爱，所以爱；因为不爱，所以远离。

如果你问我：“我现在还真弄不清楚我到底是爱他还是不爱他，怎么办？”

那就等等吧，时间会给你答案的。

晚一阵子再恋爱，你不会死。错过这一个，你还会遇到下一个更好的。

Tips No.49

- 有时候，爱情是这个世界上最能“迁就”的东西。你因为爱他，可以将自己变得面目全非，只求他开心。

- 与此同时，爱情也是这个世界上最不能“迁就”的东西。你如果不爱他，无论你用什么样的办法，都无法将那个不来电的人变成你的“亲密爱人”。

秘方 NO.50

只要你还有爱的能力，你就拥有幸福的一万种可能

某天，我在商场外的路边偶遇一对情侣，他们手牵着手在唱歌。

女生唱："如果没有遇见你，我将会是在哪里？"

男生接："日子过得怎么样，人生是否要珍惜……"

那甜甜蜜蜜的劲，真是羡煞旁人。

谁知道歌唱到高潮部分，男生没把握住，跑调了。女生就生气了，把男生猛地一推说："你会不会唱啊？跑调跑到天边不收你机票钱是不是啊？！"

男生也开始吼："谁愿意跟你唱啊？你当你自己是蔡依林啊？"

"滚蛋去吧！"女生说完，拉开车门上了一辆出租车，扔下男生自己跑了。男生也不追，掉头大踏步往另一个方向而去。

两个小时后，我在商场再次偶遇这对情侣。他们就走在我旁边，男生将女生搂得紧紧的。男生估计讲了个什么笑话，女生笑得花枝乱颤。两个小时前因为那首歌导致的不愉快，肯定早就在这二位的大脑里被彻底删除了。

为什么吵，不重要。怎么和好，也不重要。

重要的是，你得明白，这就是爱情。前一秒天崩地裂，后一秒就恩恩爱爱。你说我“神经病”，但在我看来，这没什么。

女生小溪给我发来短信：雪漫姐，我跟他天天吵、天天吵，闹了一百零一次分手了，我们还能在一起吗？

闹这么多次都分不开，那就在一起吧。你要知道，总有那么一天，你们会吵不动。或者说，你们再也懒得吵。那时，你们才发现，原来那些不安、痛苦、争执、相互的不信任和不满足，才恰恰是爱情里最令你们不能割舍的部分。

微博上每天都有人在说：“谁和谁相爱了，我又相信爱情了。谁和谁分手了，我再也不相信爱情了。”

这样的讨论很无聊是吧？但归根到底，这就是爱情的魔力，它不管长成什么样，总能吸引着大家围绕着它打转转。

在我的信箱里，每天都有人在问：“雪漫姐，你可不可以告诉我，这世界上到底有没有真正的爱情？”

那你可不可以先回答我，山里面，到底有没有住着神仙呢？

你说有，它就有。

你说没有，它就没有。

关键是，你信吗？当你已经深谙了爱情的所有不确定，经历了爱情的所有反复，你还有没有能力昂起头、踮起脚，哪怕伤痕累累，依然不管不顾，去亲吻你最爱的那一张脸？

我一直都很难忘记某场电影的某一幕，一个中年男人，低头走到他爱的女人面前，对她说道："我明白我的问题出在哪里了，我已经失去了爱的能力，还能有什么幸福可言？"

那个年轻、任性的女人就那样同情地看着他，像看着一个孩子。

然后他们拥抱，男人的眼泪像泉水一样涌出。

那一刻，他重回青春。那是他已经失去了很久、努力了很久才找回来的东西，所以他分外地珍惜。

年轻的姑娘，你正将这份饱满的爱牢牢地握在手中，难道不应该更骄傲、更勇敢、更执着、更无所谓一些吗？

不要再轻易说，爱太痛苦了，你再也坚持不下去了。你还能感知这份痛苦，是因为你的心灵没有沉睡，还在等待苏醒，值得被恭喜。

不要再轻易给自己的心灵上锁，宣誓自己已经伤痕累累，从此不再谈论爱情。只要还有爱的种子在你心里，你就有花开四季的可能，你就会在遇到另一个人的时候放下戒备，开始你崭新的人生。

去爱吧，去爱吧，去爱吧。只要你心动了，管他是不是有那么多的好，管这一份爱是不是能够真的到地老天荒，不重要，真的不重要。重要的是，你还能因为这个人，体会心动的滋味、思念的熬煎与疼痛的美好。因为爱过，你才有机会在回忆的便利贴上，写下这样温情动人的字眼：在所有物是人非的景色里，我最喜欢你。

于是，你是幸福的，不用怀疑。

Tips No.50

- 只要还有爱的种子在你心里，你就有花开四季的可能，你就会在遇到另一个人的时候放下戒备，开始你崭新的人生。

- 去爱吧，去爱吧，去爱吧。重要的是，你还能因为这个人，体会心动的滋味、思念的熬煎与疼痛的美好。

后记

没关系，
我们都是这样长大的

文 / 饶雪漫

大学的时候，我学的是师范专业。

我的多半同学毕业后被分到学校做了老师。他们告诉我，在学校里遇到的最为难的事是逮到学生上课时偷看我的书。没收吧，好像不给老同学面子；不没收吧，又担心他们以后会更放肆。

有一次我去苏州出差，被一个同学知道了，说是班上的女生都喜欢看我的书，非要拖我去参加他们的班会课。盛情之下，我只好遵命。

那堂班会课的主题是“和名作家零距离”。我在台上，高一（四）班五十五个学生在台下。

第一个举手的同学是个女生，她问我：“饶老师，我想知道你在写作的时候有没有遇到过什么困难，你又是怎么坚持下去的呢？”

我示意她坐下，但没回答她，而是对大家说：“继续问。”

第二个举手的依然是个女生，她说：“我最想知道，你最喜欢你写的哪一部作品中的哪一个人物？”

到第三个问题时，我请一个男生站起来，他很大方地承认：“我没看过你的书。我想问你，这么多人喜欢你写的书，你是什么感受？”

“这三个问题，我可以下课后回答你们。”我对大家说，“不如这堂课，我们来问点更有意思的问题吧，比如你们可以问我：‘你有没有偷过钱？’”

教室里先安静了一两秒，紧接着全班哗然，反应快的同学已经带头嚷起来：“好吧，那你有没有偷过钱呢？”

“偷过啊！”我说，“七岁的时候，我偷了我妈放在衣橱里的钱，去买泡泡糖。”

“结果呢？”

“被打了啊！”

“那你有没有撒过谎？”

“有，”我说，“而且不止一次。”

“举个例子吧。”

“好吧。有一次，我想买一本三毛的书，没钱，然后跟我妈说我要去参加英语比赛，需要报名费。还有一次，我带我妹妹去乡下一个男生家玩，但是告诉我妈是去城里闺密家，结果被我爸跟踪了，好一顿痛骂。”

“哈哈，你有没有逃过课呢？”

“逃过，还逃了期末考试，为的是去看齐秦的演唱会。”

“哇！你有没有和爱人吵过架？”

“有的，还打过架呢！”

“谁赢了？”

“不记得了。是真的，为什么吵、为什么打也不记得了。”

大家笑起来，都不相信。我补充道：“事实就是这样，时间过去以后，你就会发现，很多你当时觉得根本过不去的坎，到后来你会连‘坎’是什么都不记得了。”

“这样啊！那你有没有做过令自己非常后悔的事？”

“有。”

“有没有伤过朋友的心？”

“有。”

“有没有被朋友伤过心？”

“有。”

“有没有还没有实现的梦想？”

“有。”

“有没有事令你感到恐慌和不安？”

“有。”

“有没有对自己不满过？”

“有。”

……

“有没有最想对我们说的话？”

我转过身，将黑板上班会课原来的主题擦掉，重新写上这么一行字：“没关系，我们都是这样长大的。”

当我写完最后一笔时，台下响起了雷鸣般的掌声。而我的同学，他们的班主任，竟然站在讲台的一角不争气地抹起了眼泪。

那是三年前，苏州最炎热的夏天。五十五个孩子一起把我送到学校的大门口。不过四十五分钟，他们均已和我熟络，开始嘻嘻哈哈，说各自的趣事，与我勾肩搭背，没大没小地叫我“老饶”。在没完没了的知了声中，那场告别显得亲密、盛大而又愉快。我自信这堂课，一定在他们心中留下了深刻的印象。无论过去多久，我相信总有一个人会提起：当年饶雪漫说过呢，这些没什么。原来，真是这样啊！

是的，当你感觉人生没那么如意，当你对自己的表现没那么满意，当你对自己爱的人或自己感到失望，当你觉得自己再也坚持不下去的时候，请记得对自己说，没关系，我们都是这样长大的。

因为，这就是人生。

饶雪漫

作家、编剧

十四岁开始写作，著有六十余部作品，有“文字女巫”之称，是当之无愧的青春文学领军人物，作品多次登上全国畅销书榜。

代表作：

《左耳》《沙漏》《离歌》《雀斑》《那些女生该懂的事》等

那些女生该懂的事

产品经理 | 袁舒舒　　责任印制 | 刘　淼
书籍设计 | 付诗意　　出 品 人 | 吴　畏

图书在版编目（CIP）数据

那些女生该懂的事 / 饶雪漫著. — 济南 : 山东文艺出版社，2019.10

ISBN 978-7-5329-5937-2

Ⅰ. ①那… Ⅱ. ①饶… Ⅲ. ①随笔—作品集—中国—当代 Ⅳ. ①I267.1

中国版本图书馆 CIP 数据核字（2019）第 185772 号

那些女生该懂的事

饶雪漫 作品

主管单位 山东出版传媒股份有限公司
出版发行 山东文艺出版社
社　　址 山东省济南市英雄山路 189 号
邮　　编 250002
网　　址 www.sdwypress.com

读者服务 0531-82098776（总编室）
0531-82098775（市场营销部）
电子邮箱 sdwy@sdpress.com.cn

印　　刷 天津丰富彩艺印刷有限公司
开　　本 880mm×1230mm　1/32
印　　张 7.5
印　　数 1～8,000
字　　数 148 千
版　　次 2019 年 10 月第 1 版
印　　次 2019 年 10 月第 1 次印刷
书　　号 ISBN 978-7-5329-5937-2
定　　价 39.80 元